Olivier Larizza

Olivier Larizza est maître de conférences en littérature anglaise et civilisation américaine. D'origine italienne, né à Thionville, il a vécu à Strasbourg pendant dix ans avant de partager sa vie entre l'Alsace et la Martinique. Parmi ses derniers livres figurent *On n'est amoureux qu'à bicyclette : journal d'un Tour de France* et *La théorie de la petite cloche*.

MON PÈRE SERA DE RETOUR POUR LES VENDANGES

POCKET "Nouvelles voix"
PARTAGEZ NOS DÉCOUVERTES !

OLIVIER LARIZZA

MON PÈRE SERA DE RETOUR
POUR LES VENDANGES

(Nouvelle édition revue
et corrigée par l'auteur)

ÉDITIONS ANNE CARRIÈRE

© Éditions Anne Carrière, Paris, 2003.

ISBN : 2-266-12179-0

*Pourquoi écrit-on,
sinon pour dire je t'aime.*

Je jouais dans les champs avec mes copains, parmi les abeilles et les fleurs d'orties dont la pointe blanche a un goût sucré. On s'en délectait comme d'une confiture de groseilles : l'après-midi avait, sous le soleil brûlant, la douceur d'une friandise. Le temps passa vite et je devais rentrer quand, sur le chemin du retour, j'aperçus de la fumée. L'air pesait comme une chape de plomb. Les oiseaux volaient bas, écrasés par l'orage imminent. Alors je me mis à courir. Au fur et à mesure que je courais, la fumée s'épaississait à l'horizon telle une avalanche grise montant au ciel. On sonna le tocsin. Un clocher voisin fit écho. Il y avait un problème. Un danger. Le feu, sans doute. Il incendiait la campagne.

Arrivé au village, je vis passer le tambour battant de la caisse. Le garde champêtre collait une affiche sur le mur de la mairie. Mon père piochait le potager. Il fronçait les sourcils, où s'accrochaient des gouttes de sueur. Je lui criai : « Papa, le feu ! » Il ne dit rien. Ce n'était visiblement pas cela qui l'inquiétait. Il me regarda droit dans les yeux et déclara d'un ton grave : « L'Europe brûle ! » C'était le 1er août 1914.

Je n'avais que dix ans. J'aimais très fort mon père. Pourtant il dut partir à la guerre. Des cortèges hurlants déferlaient dans les rues, les gens affluaient sur la place et dans les cafés, partout il y avait des rires et des chansons malgré une petite amertume au fond du cœur. Jeunes, vieux, civils, militaires, tous flambaient, enthousiastes : les soldats seraient de retour pour les vendanges, du moins le croyaient-ils. La guerre ne représentait à leurs yeux qu'une rixe de campagne où le grand frère français rosserait le gamin allemand un peu turbulent. Des gerbes de drapeaux fleurissaient les fenêtres, et on se mit à danser, sans vraiment le savoir, une farandole de feu.

Mon père et moi nous tenions à l'écart de cette folie. La veille de son départ, on alla flâner sur la plage déserte, tout au bout de l'estuaire, seuls, main dans la main. C'était là que l'on venait quand on voulait se recueillir devant la beauté du monde. À l'extrême pointe des terres. Des mouettes tournoyaient dans le ciel et, si on avait de la chance, on pouvait apercevoir un ou deux pélicans dont le bec regorgeait de poissons bleutés. À vrai dire, mon père ignorait s'il s'agissait de pélicans à proprement parler, mais nous aimions rester avec cette idée en tête.

Nous regardions les oiseaux longtemps, et ils nous remerciaient de notre attention en nous élevant au plus haut des flots. Nous avions l'impression, mon père et moi, d'être deux capitaines embarqués sur le voilier de la vie, et nous naviguions vers l'archipel de la liberté, là où le soleil éparpille partout des micas fabuleux. C'était notre richesse à nous, pauvres paysans, de raser ensemble, comme des pélicans, les eaux mordorées de notre complicité.

Ce jour-là pourtant, le sentiment de l'inévitable m'envahit. Mon père m'expliqua que la nation réclamait surtout le concours des hommes les plus jeunes. D'abord parce que la victoire dépend de la première offensive, elle doit donc être portée par les meilleures troupes. Ensuite parce que les jeunes soldats ne laissent en général ni femme ni enfant derrière eux et rapportent moins de richesses au pays que leurs aînés. Un espoir s'alluma. Mais mon père l'éteignit : « Ce sont des règles générales, et je fais exception. »

Nous discutâmes longtemps, très longtemps, jusqu'au coucher du soleil. Il me dit des choses qu'aujourd'hui encore je ne saisis pas : « Tuer un homme en temps de paix est un crime. Il paraît que le tuer en temps de guerre est une gloire. » Lui-même n'y croyait pas. Il essayait difficilement de justifier le suicide collectif devant un petit garçon qui ne demandait rien d'autre que de grandir aux côtés de son papa et regarder avec lui les pélicans emporter dans leurs vols si lointains le pain béni de son enfance. Oui, nous étions deux enfants ignorant tout de l'avenir. Et nous restions là, debout face aux vagues apaisées, à cette matrice bleue qui finira un jour par tout engloutir : les haines, les violences, les joies, jusqu'au moindre atome de notre corps. L'infini régnait à perte de vue, insondable. Nous aurions voulu fuir, aller plus loin que lui. Mais la mer garda le mystère de son immensité. Dans les yeux de mon père scintillaient des pépites de sable. Je ne savais pas s'il reviendrait. « Je vous écrirai ! » me promit-il. Jamais je ne l'avais aimé aussi fort.

Il partit pour l'Alsace avec mon oncle René, qui noya aussitôt les soucis de la séparation dans de la bière blonde. Le frère de ma mère était un bon vivant, à l'allure débonnaire et joviale. Il se moquait de tout et balayait la moindre difficulté d'un revers de main bien insolent. Il plaisantait à tout-va et se prenait rarement au sérieux. Dans ce premier troquet d'Alsace, la serveuse faillit succomber à son charme drôle : il avait noirci un bouchon de liège à la flamme d'une bougie et s'était dessiné les moustaches impériales de Guillaume II. À la maison, lors de ses fréquentes visites, il faisait souvent cela pour m'amuser. Il prenait un fort accent allemand à couper au couteau et tout le monde se pliait de rire. La bonne humeur était sa force de vivre.

Leur commandant, par contre, inspira d'emblée peu de confiance à mon père. À peine arrivé, il se rua sur les soldats afin de leur extirper du tabac fin pour sa pipe qu'il avait en fait égarée pendant le voyage. Il avait aussi perdu ses carnets de notes et un précieux médaillon où saint Antoine priait. Son nez brillait d'un rouge pivoine : sans doute cet officier buvait-il. Les réservistes, en tous les cas, ne s'en privaient pas le moins du monde. La plupart prirent immédiatement d'assaut les bistrots du coin et, quelques dizaines de minutes plus tard, se vautraient comme des loirs sur les trottoirs. Ils titubaient, oubliaient leurs affaires, s'amenaient à moitié équipés. Mon père trembla en voyant cela. Il douta des autres. Mais lui était résigné à se battre. Il se battrait de toutes ses forces. Malgré lui. Ou alors il se salirait. Il nous salirait tous. Il braverait la tempête et les houles de guerriers pour revoir un jour le soleil de mes yeux. C'était ce qu'il avait écrit dans sa première lettre.

Il se sentait vraiment faible à son arrivée. Faim et besoin de dormir. Ils avaient roulé plus de vingt heures avec des haltes café et surtout un incroyable sentiment d'espoir et de vaillance. Durant tout le trajet, les gens s'étaient pressés aux passages à niveau et aux gares. Ils les avaient acclamés, comme si la victoire les illuminait. Les hommes avaient entonné avec eux *La Marseillaise* et *Le Chant du départ*. Les femmes leur avaient envoyé des baisers, cheveux d'ange virevoltant au vent vers Dieu savait quel aveugle voyage.

Moi j'avais un étau dans la poitrine. Une angoisse sourde m'étreignait depuis qu'il nous avait quittés – et je ne la confiais qu'aux pélicans si attentifs. Même si cela en avait tout l'air, les soldats ne partaient pas en manœuvre. Les marches étaient longues et forcées. Le barda pesait comme une enclume. Les hommes en file se disséminaient dans les blés mûrs, se couchaient, se relevaient. Ils nommaient cela des « bonds de tirailleurs » où ils écrasaient les coquelicots de leur pantalon rouge. Quand leur capote bleu pâle se confondait parmi les couleurs environnantes, on voyait ramper des caméléons. Et puis ils attégnaient le béton. Alors ils mettaient l'arme à l'épaule et entamaient un pas cadencé. Toujours fiers, et la tête bien haute. Mais au fur et à mesure qu'ils avançaient, la route s'étirait tel un cauchemar interminable. Les nuages fondaient comme de la cire sur leurs crânes rasés. La baïonnette de mon père lui raclait les cuisses. Son col tiré en arrière manquait de l'étrangler. Les soldats ne formaient plus qu'une seule et même masse, un bétail monstrueux de détermination, une machine à broyer la chair sans scrupules ni émotion.

Ce fut lors d'une marche que mon père aperçut une kyrielle d'enfants qui se donnaient la main sur le bord de la route. Parmi cette noria de naïveté, une petite fille retint son attention. Ses longs cheveux blonds voilaient à peine ses yeux émeraude. Elle portait sur son épaule gauche un petit écureuil roux qui grignotait une noisette posée sur sa paume. Elle riait de bon cœur. Mon père vit cette lueur inoubliable qui dansait sur son visage un peu timide. C'était le soleil de l'insouciance, et il fallait absolument qu'il brillât encore. Alors il comprit qu'ils ne se battraient pas pour rien, que peut-être même l'on devenait grand à lutter pour sauver le jour. Ils allaient par là-bas, où l'on mourrait dans la noirceur, où le ciel s'embraserait et les nuages pleureraient. Mais ils y allaient avec courage et honneur, au son des cuivres aigus, pour une cause juste. Ses camarades se redressèrent.

René bomba le torse. Mille rêves peut-être caressèrent son esprit sous le regard innocent de cette jolie petite fille. Savait-elle que la mort gisait dans leur cartouchière ? Savait-elle que leurs fusils tuaient ? Le savaient-ils eux-mêmes, à cet instant où leur cœur grandissait ?

Mon père me manquait. Sa voix, son regard, la façon qu'il avait de poser sa main sur mon épaule comme un capitaine au long cours. J'étais devenu son petit matelot et j'avais confiance en lui, en son arche de mots qu'il jetait sur les courants de la solitude grâce aux longues lettres qu'il nous adressait. Grâce à cette arche, je le savais, on amerrirait bientôt sur l'inouï rivage aux mille pélicans. Mon père nous écrivait surtout de prendre soin de nous. Il disait que ma mère comptait beaucoup plus que lui. Qu'elle portait la vie. Lui, la mort.

La dictature aride de l'été régnait. La canicule accumulait ses monticules de feu sur les moustiques et nos âmes affolées. Le jardin était tacheté de fruits violacés. Leurs veines ouvertes vomissaient une pulpe avariée et engluaient les herbes fauves que crucifiaient les longs clous clairs du diable soleil. Malgré la fournaise, la maison se refroidissait un peu plus chaque jour. Et le nouveau rituel matinal était un véritable supplice : il fallait, à la place de mon père absent, aller chercher le pain de seigle, ce pain noir à l'arrière-goût d'anis que je n'appréciais guère.

Je ne sais pourquoi ma mère insistait pour qu'on se levât très tôt, aux six ululements du vieux coucou qui hantait le salon. Sans doute voulait-elle imiter mon père, faire perdurer cette habitude que lui et moi avions prise pendant les grandes vacances. Il y avait bien sûr beaucoup de travail à la campagne, et j'aimais aider aux labeurs des champs, arroser les vignes et les récoltes avec l'eau que je puisais dans le puits d'argile – et la petite fontaine de mon cœur. Surtout, mon père m'avait appris à regarder l'horizon vaporeux à cette heure divine où naît l'aurore. Les anges nous offraient une si belle féerie, semblable à un bouquet de boutons d'or légèrement orangés. Même les volets s'éveillaient dans la joie. Nous levions les yeux au ciel et nous avions l'impression de toucher ce bleu sublimé où s'effilochaient quelques nuages. C'était un voyage magnifique, sans doute le plus beau que nous puissions faire, nous qui ne quittions jamais notre campagne.

Mais sans mon père, tout me paraissait différent. On enfilait hâtivement nos habits. Je chaussais avec réticence mes sandalettes de cuir que ma mère m'obligeait à porter par convenance. Puis on s'échappait comme des évadés dans les écharpes de brume qui voilaient la floraison de l'aube.

Le premier matin, la lueur de l'aurore nous arrêta. Son bleu aigu était glacé, pétrifiant. Il faisait luire une robe d'été pliée sur le dossier d'une chaise. Je me souviens que ma mère adorait porter cette robe pour son mari, elle y resplendissait. Mais le vêtement n'avait plus l'air que d'un vieux chiffon froissé, poli d'un éclat vide. La couleur de la vie s'en était effacée. Plus rien ne bougeait sauf l'ombre des objets, qui grandissait démesurément sur les murs. J'eus peur pour la première fois depuis le départ de mon père. Ces ombres, on aurait dit des monstres macabres qui tentaient de dévorer son âme.

Ma mère claqua violemment la porte derrière nous. Cette détonation signalait le début d'un long combat contre l'angoisse de l'attente et de la solitude. Un merle insouciant chantonnait son triolet tyrolien. Un instant il étoila ma songerie, puis il s'étiola dans l'horreur de l'aurore. L'air ne nous humectait plus la gorge du parfum des champs. On eût dit que la sécheresse salée mordait les racines des arbres. Un coq déchira le matin d'un cri strident. Le jour commençait à peine, et l'espoir était déjà parti.

Nous nous hâtâmes vers le centre du village, empruntant un dédale de ruelles désertes où je sautillai à cloche-pied d'un pavé à l'autre sans savoir où me mènerait cette marelle imaginaire. On s'approcha du cimetière gris, contournant le clocher pointu qui cisaillait le ciel, puis on s'engouffra dans un sentier voûté d'arbres. Quelques gouttes de soleil pleuvaient entre les feuillages. Ma mère leva les yeux en souriant mais ses lèvres se crispèrent, tétanisées par la lucidité.

La boulangère, une femme ronde pareille à une marionnette boursouflée, était occupée à mettre sur les étagères les dernières miches de pain.

— Tiens donc ! Flora ! Je m'attendais pas à te voir... Surtout de si bonne heure. Comment ça va ?

Ma mère lui expliqua vaguement que, son mari parti pour le Front, elle aurait désormais à assumer les tâches qu'il effectuait d'habitude. Elle lui confia qu'il lui était pénible de le remplacer au pied levé, du jour au lendemain, comme le vent d'automne balaye négligemment les feuilles beiges sur les tombes abandonnées. La boulangère, un rictus au coin des lèvres blanchies de farine, lui tendit le pain noir qu'elle lui demandait. Mais ce n'était pas vraiment ce pain-là que nous voulions. Nous avions besoin de chaleur, d'humanité, de ce pain chaud et doré qui exhale un parfum de philanthropie et ne se donne pas dans des griffes de perle !

— Dieu seul sait s'ils reviendront ! fit la boulangère. La vie doit pas être facile, c'est sûr, surtout quand on est toute seule !

Ma mère haussa les épaules. Nous sortîmes. Au-dessus de la porte d'en face, une sainte madone sculptée dans l'azur écaillé nous fit un minois un peu rassurant. Nous nous enfuîmes dans la ruelle adjacente, le plus loin possible de l'indifférence des gens.

Les mois d'août étaient souvent sahariens, surtout en début d'après-midi où la chaleur nous étouffait. Pas une brise ne soufflait, le zéphyr marin n'atteignant plus le village. Même le patriarche soleil languissait sur les tomates qui me faisaient des clins d'yeux rougis. La dernière pluie les maculait d'un peu de terre. J'en cueillais une ou deux, les passais sous l'eau fraîche et goûtais la chair encore tiède. J'adorais cela.

Ma mère ne daigna pas me montrer la deuxième lettre. « Vive la France, vive l'Alsace, vive Joffre. Thann repris. Colmar investi. Les Allemands sombrent comme le *Titanic*. Ton père reste pour le moment en réserve près de Belfort et il pense beaucoup à toi. » Voilà comment elle me résuma avec enthousiasme ce que je devinais être une lettre d'amour. Ma mère lui envoyait des colis avec de la confiture de mûres, des gâteaux secs et des petits mots. Un jour où je pêchais avec mon père au bord de l'estuaire, je lui avais demandé ce que c'était, l'amour. Il avait réfléchi un long moment avant de répondre, le sourire aux lèvres : « Des petites choses de tous les jours. Des choses minuscules, peut-être même dérisoires, et qui prennent pourtant une place immense. Au fond de chacune de ces petites choses, il y a une perle ou un diamant noir qui brille. Quand j'y regarde de plus près, j'y vois la prunelle de ses yeux. » Moi je n'avais pas tout compris. Je voulais juste attraper des poissons et apercevoir les pélicans. Mais les colis de ma mère étaient des petites choses. Mes parents se rendaient désormais compte que l'amour, c'est aussi aimer l'autre dans son absence. Et c'était cela, le plus difficile.

Les nouvelles s'assombrirent vers la fin août. Plus de cent quarante mille hommes furent perdus en moins d'une semaine et toutes les troupes alliées battaient en retraite. Mon père savait qu'il ne resterait plus longtemps dans ce cantonnement près de Belfort. On réquisitionnait en effet les forces vives pour la Lorraine. Les Allemands marchèrent sur Bruxelles le 20 août, Français et Anglais se retirant alors sur un front à l'ouest de Verdun.

Déjà les paysans réagissaient. Les soldats consommaient beaucoup de fourrage et de paille. Au début, avec les nouvelles excellentes d'Altkirch et de Mulhouse, les paysans leur en offraient avec plaisir, même plus qu'il n'en fallait. Dix jours plus tôt, le drapeau tricolore flottait encore sur la plupart des mairies et les horloges marquaient l'heure française. Désormais, les bataillons et les régiments fondaient tous aux débouchés des vallées vosgiennes. Le 26 août, les cols de Saales et de Sainte-Marie. Les paysans doutaient. Les chevaux ne recevaient plus qu'un litre d'avoine et cinq litres de foin par jour. Ils mangeaient la paille de bois que les Poilus leur donnaient pour litière.

L'invasion déferlait comme une marée de sang inarrêtable. La dérive alliée se confirma quand le gouvernement quitta Paris pour Bordeaux le 2 septembre 1914. Dès le début de la guerre, grand-mère avait acheté des cartes et des petites épingles-drapeaux. Elle s'installait à la table de la cuisine et plantait les épingles sur les cartes après avoir lu les journaux. À chaque nouvelle visite qu'on lui rendait, la ligne des épingles reculait un peu plus, et je finis par ne plus les regarder.

Pourtant le moral durait dans l'escouade de mon père. Tout le monde tenait le coup plus ou moins bien. Les militaires s'inventaient leur monde à eux, et mon père ne se plaignait de rien. Il écrivait que les ravitaillements auraient rassasié des lions affamés. Il disait aussi que René mugissait de plaisir. Je compris plus tard ce que cet euphémisme signifiait : dans l'ennui, dans la solitude, la chair est faible et la nature attire irrésistiblement. Avec tous ces célibataires, on ne comptait pas les aventures qui s'étalaient au grand jour ou dans les petites cabanes de bois où chacun entrait et sortait à sa guise. Sans doute ma mère se garda-t-elle bien de divulguer tout cela à grand-mère, qui peinait à se remettre de la disparition du pape. Elle le considérait comme l'incarnation de Dieu sur Terre et encensait déjà son successeur, Benoît XV, qui bientôt prêcherait la paix – mais dans le désert.

L'Église avait certes besoin d'un chef, tout comme les soldats. Heureusement, d'ailleurs, sinon mon père n'aurait pas trouvé d'adversaire de sa stature pour se mesurer à lui à la manille, ce jeu de levées originaire d'Espagne et très populaire chez les Poilus. Mon père battait en effet tous les officiers. Même s'il préférait la belote ou la *scopa* italienne, il gagnait toujours. Son capitaine ne se débrouillait pas trop mal mais lui devait déjà deux bouteilles de vin et un saucisson sec. Heureusement qu'il y avait le jeu pour s'oublier un peu. Les soldats se divertissaient comme ils pouvaient : certains, simplement, dormaient, d'autres fumaient, causaient, chantaient ou lisaient. Un jeune homme de dix-huit ans, les joues roses et duvetées comme une pêche, potassait le manuel de Sénèque, *De la brièveté de la vie*, pour apprendre à mieux vivre – ou tout du moins à mourir moins mal. Il avait avec mon père de longues conversations sous la lune rousse, quand le soir naissant les enveloppait de sa sérénité bleue profonde. Certains Poilus s'amusaient même à créer des affiches. Un caporal, notamment, dessinait rudement bien et mon père, en poète, composa le slogan d'une affiche qu'il nous envoya : « Aux Boches assoiffés de gloire, servez une grenade citron. Rafraîchissant extraordinaire. Produit français ! Se sert avec ou sans eau. Boum ! » Mon père s'excusait de son humour douteux, mais il exultait : il espérait en effet obtenir une permission pour Noël.

On ignorait combien de temps durerait le conflit. On se disait que ça prendrait peut-être plus de temps que prévu, mais cette nouvelle nous réjouissait. Sans doute verrait-il déjà une belle bosse au ventre de ma mère ? Cela ferait sept mois. Dans sa lettre, il avait écrit que les fruits mûrissaient plus vite que cela. Comme le bonheur.

Mon père m'avait un jour dit que la réalité n'existe pas : ce que nous croyons être le monde n'est que la somme des perceptions que nous en avons. C'est à ce moment-là de ma vie que je m'en rendis compte. Vers dix-sept heures, on écossait les petits pois avec ma mère, sans rien dire ni lever la tête de notre besogne. J'en croquais machinalement un ou deux mais le regrettais vite. Trop amers. Une fois la corvée achevée, je regardais longuement par la fenêtre. Tantôt j'étais ébloui par une boule citron qui virait à l'œuf doré puis l'orange. Tantôt je voyais un obus de sang, un rougeoiement qui se déposait sur la lointaine ligne du ciel en longs couteaux horizontaux, l'agonie de l'après-midi dont je guettais jusqu'au bout la mort imminente. Moi, j'étais quelque part en sécurité, replié dans une maison forteresse. Ma mère, elle, préférait s'enfermer derrière les fenêtres arc-en-ciel de la poésie. Elle sirotait une tisane et la nostalgie de Verlaine :

Une aube affaiblie
Verse par les champs
La mélancolie
Des soleils couchants.
La mélancolie
Berce de doux chants
Mon cœur qui s'oublie
Aux soleils couchants...

Elle lisait le poète maudit dans un beau livre de collection que lui avait offert mon père pour son anniversaire. C'était pour l'âme un refuge de cuir rouge serti de dorures, une oasis où elle se désaltérait durant une ou deux heures sans pour autant étancher sa soif de tendresse que, seul, je ne parvenais pas à tarir. La lecture était pour elle bien plus qu'un simple divertissement : c'était une source irisée jaillissant dans son désert affectif. Le regard éperdu, occupée peut-être à essayer de comprendre l'incompréhensible, ma mère plongeait ses mains parmi ce lac de papier, caressant du bout des doigts les ornements brillants de la couverture. Les pages tournées bruissaient dans le silence que la haute pendule du salon explorait aussi de sa régularité. Elle l'observait souvent, ce vieux coucou qui ne sifflotait plus mais ululait comme la chouette aux yeux rouges qui s'enfuit dans la nuit.

Embusqué derrière la porte du salon, je surpris une fois ma mère adossée à l'embrasure de la fenêtre. Elle pleurait. On aurait dit qu'elle pleurait sur cette agonie du jour. Doucement. Comme l'usure qui s'aiguise. Les secondes s'étiraient dans l'horloge, le silence prolongeait le temps. Elle s'apaisa un instant, se demandant peut-être si tout cela n'était pas qu'un simple cauchemar. Puis les larmes affluèrent à nouveau, dans un hoquet ou un sanglot. Elle finit par s'agenouiller et appliqua la tête contre le bois du buffet, à l'angle, là où une arête vive écorchait. Elle resta ainsi immobile. Prostrée. Cloîtrée en elle-même par la peur de l'avenir. Jamais je n'en avais autant voulu aux Allemands.

Les enfants sont malins et les adultes sous-estiment souvent leur perspicacité. Après de longues et tortueuses recherches, je découvris enfin l'endroit où ma mère dissimulait les lettres interdites, celles qui baignaient dans la volupté ou plongeaient dans l'horreur. J'avais d'abord espéré que mon père m'écrivît directement, mais la lettre du 18 septembre me glaça le sang.

Les grandes opérations débutaient. Les soldats traînèrent encore quelques semaines dans les environs à faire des marches forcées et à subir des revues qui ne s'achevaient jamais et où le moindre défaut, la moindre négligence valaient un châtiment exemplaire. Puis, vers la fin août, les exercices de tir s'intensifièrent. Ils tiraient comme des forcenés du matin au soir. Tout devenait cible : un marcassin pressé, un coquelicot dans un champ, un moineau voltigeant dans les airs, tout était bon à aiguiser leur coup d'œil de rapace pour faire face à l'aigle *germanik*. Chaque nuit, mon père s'évanouissait dans un sommeil qu'il aurait voulu éternel. Au réveil, un couteau lui déchirait la chair des bras et des épaules. Pourtant ce n'était pas l'effort qui le terrassait, mais l'absurde répétition de l'entraînement, comme un caillou que l'on lance à l'eau et qui n'en finit pas de faire des cercles inutiles. René, lui, ne s'en accommodait pas trop mal. Il avait l'habitude de lever des sacs de pommes de terre à longueur de journée et les exercices militaires flattaient ses muscles d'acier. Il semblait même indestructible. Un vrai roc. Mais que peut le rocher contre l'obus stupidité ?

La progression des Allemands entamait un peu le moral des troupes, surtout lorsqu'ils atteignirent Senlis. Mais les taxis de la Marne vrombirent bientôt dans toute la France : la victoire du 7 septembre 1914 ressuscita les espoirs et stimula les forces vives. De plus, la bataille du Grand-Couronné scella pour de bon l'alliance franco-britannique qui obligea l'ennemi à dégager Paris. Le bataillon de mon père reçut alors de nouvelles instructions. Le départ se préparait. Les intéressés en ignoraient la destination, ils avaient simplement la vague idée qu'ils trouveraient l'enfer où qu'ils aillent. Des rumeurs circulaient sur l'acheminement des hommes vers le Pas-de-Calais. Ils savaient juste qu'ils partaient pour longtemps, sans toutefois être sûrs de revenir. On n'est *jamais* sûr de revenir quand on part.

Les officiers abrégèrent les préparatifs. Le temps pressait. En un éclair, sans se soucier des états d'âme, on chargea les soldats sur des trains avec les chevaux et tout l'équipement. Puis les locomotives s'enfoncèrent dans la nuit sombre, dans la nébuleuse noire du terrible destin. Ils s'arrêtèrent au matin, dans une gare de l'Oise proche d'une vaste plaine. Une gare proche de nulle part. Les soldats dégringolèrent des trains et se figèrent devant l'immensité. Ils eurent peur de s'y perdre. Certains y perdirent ce jour-là leur raison de vivre.

Il n'y a en effet pas de mots pour décrire ce qu'ils virent, ce qu'ils ressentirent ce matin-là, eux qui étaient pour la plupart vierges d'horreur. Il me faut moi-même formuler la réalité pour la comprendre un peu, mais je n'y parviens que partiellement.

Ils gravirent une côte qui s'élevait vers un plateau. En haut, un brouillard aussi fragile qu'une buée dissipait les couleurs et les formes. Ils marchaient dans le flou, distinguant mal les lignes, ce qui les rassurait faussement, comme le noir rassure un enfant : dans une sorte de crainte qu'il feint d'ignorer. Une odeur immonde imbibait l'air et retenait le silence comme une inspiration. Le pouls de mon père lui martelait la gorge. Il serrait son fusil plus fort. C'était une attente effroyable.

Soudain le voile de brouillard se leva, tel un rideau de théâtre révélant une scène insoutenable. Le bord de la route était jonché de lambeaux de chair noirs ou verdâtres, et des dépouilles décomposées gisaient dans le bourdonnement infernal des essaims de mouches qui pullulaient. Leurs genoux étaient pliés, leurs bras appuyés au talus de la tranchée, évoquant des corps vivants mais inertes. Les soldats les calcinèrent puis les recouvrirent de chaux vive et de terre, dans la dignité d'un enterrement qu'ils ne purent donner aux chevaux ni aux ânes déchiquetés. La puanteur de la mort ne les abandonnerait pas. Mon père la sentait encore après, éparse autour de lui, sournoise comme une maladie qui dort. Elle serait là, à l'affût de sa moindre faiblesse. Elle imprégnerait l'encre de sa plume griffant le papier.

Mon père insistait pour que ma mère gardât ses lettres. Il disait qu'elles respiraient toute l'humanité qu'on avait peut-être perdue.

Le crâne sanglant du soleil grossissait et montait dans l'orbe gris fer. Des oiseaux attendaient comme des vautours qu'il éclatât complètement. Le sol était lunaire. Les explosions de grenade avaient formé des cratères, sortes de cercueils naturels. Les obus qui n'avaient pas éclaté semblaient des dômes que la rouille gangrenait d'orange. Des fourmis se baladaient dessus comme sur les bouteilles inoffensives que l'on jette après un pique-nique. L'obus est un météore, une comète qui brûle l'atmosphère et pulvérise le monde. C'est un oiseau de feu qui crie dans l'azur et dont les ailes de cuivre écorchent sa faïence. Vu de loin, l'obus rouillé, délavé par la pluie, éclairé par le soleil, prenait une nuance chair, comme si des dizaines de fronts chauves sortaient de la terre. C'étaient des zombis qui surgissaient des enfers.

Mon père et ses camarades fouillèrent les sacs des soldats morts. Ils y trouvèrent des lettres et des cartes, adressées en français et en allemand aux êtres chers. Les Boches aussi avaient des enfants. Les Poilus l'avaient oublié. Sur ces messages, on lisait l'espoir ou la détresse. Sur l'un d'entre eux :

Je viens vers toi, ô mon Dieu,
et tu me donnes ton visage.
Je viens vers toi avec mon rêve le plus fou :
t'apporter le monde dans mes bras.
Je viens vers toi et je te crie à pleine voix
toute la vérité de la vie sur la terre.
Je te crie mon cri qui vient du fond des âges :
Père ! J'ai tenté d'être un homme et je suis ton
                                                    [enfant.

Ces vers sont très forts. Plus forts qu'une explosion ou que le sifflement d'une balle. Combien de Mallarmé ou de Mozart périssent dans les guerres ? Charles Péguy, dix jours auparavant, tué à Villeroy en Seine-et-Marne. Et tous ceux que l'on ne soupçonne pas. Dans les journaux parisiens, Saint-Saëns luttait contre Wagner. Des journalistes en mal de patriotisme salissaient les génies de l'autre race. Ils ne comprenaient rien.

Mon père déplia une autre lettre bouleversante :

Ma petite maman,

Je ne sais pourquoi je repense ce soir à toutes les fois où j'ai été malade quand j'étais petit. Tu me passais un gant de toilette mouillé sur le front. Tu me préparais aussi des tisanes de tilleul : tu me mettais une grande serviette blanche sur la tête et je devais inhaler fort l'infusion jusqu'à ce qu'elle refroidisse. Je te disais que je n'aimais pas trop le faire, mais en fait j'aimais bien. C'était tout chaud, comme le petit oisillon qui se blottit au fond de son nid. J'aimais bien parce que tu m'encourageais et tu me disais que si ce n'était pas bon à respirer, alors ça me ferait du bien, ça me guérirait.

J'aimerais beaucoup avoir un rhume la semaine prochaine, quand je rentrerai te voir en permission. Ce serait comme dans mon enfance. Au fond, ma petite maman, je ne suis pas bien sûr d'avoir vécu depuis ce temps-là.

À bientôt,
  ton Georges.

P-S : n'oublie pas de préparer le tilleul !

Le jeune Georges avait un trou violacé au milieu du front.

Les soldats entrèrent dans un petit village situé dans la vallée. Le pâle soleil de septembre déposait ses rayons blanc cadavre sur les pavés grisâtres. La troupe croisa des femmes et des enfants portant des paniers, le visage apeuré. Une drôle de torpeur s'appesantissait sur les rues, sur les chaumières saccagées, sur les maisons pillées et les magasins clos ou timidement entrebâillés où se devinaient quelques yeux effarés.

Les hommes pénétrèrent dans une demeure qui avait dû faire la fierté de ses propriétaires embourgeoisés : la charpente menaçait à tout moment de s'écrouler sur un bric-à-brac sinistre, un amoncellement de ferrailles tordues, meubles cassés, livres à demi brûlés et autres jouets qui auraient bien pu agoniser à côté d'un enfant au crâne ouvert. Les murs de la maison paraissaient avoir la lèpre, ils se désagrégeaient comme une peau écaillée. Les débris de poteries en terre cuite, semblables à des caillots de sang, parsemaient les escaliers. La salle de bains vomissait une lessive salie par l'effondrement. Mon père eut la nausée et sortit de ce donjon d'os pour se diriger vers l'église. Un mendiant, vêtu de guenilles, se tenait devant l'entrée, un gobelet à la main :

— Un ou deux sous, s'il vous plaît. J'ai faim.

— Ça fait longtemps que vous venez ici ? demanda mon père.

— Je sais même plus. Plusieurs années...

— Et vous n'avez pas peur des bombes ?

— Cette guerre rase tout, sauf la pauvreté. J'ai tout vu tomber, mais les obus ne me touchent pas. Même eux ne veulent pas de moi.

Mon père remarqua que son visage était couleur ruine. Il fit tinter une petite pièce jaune dans son gobelet avant de pénétrer dans l'église éventrée.

Au milieu des vitraux brisés et des pierres éboulées, une chaise debout accueillait sur son dossier le Livre ouvert. Mon père voulut faire une prière mais le cœur n'y était pas : les pages de la Bible criaient vers le ciel. Il se souvint alors de son émerveillement le jour où il lut l'*apocalypse* de saint Jean, un texte d'une grande beauté. Il y aimait l'histoire du petit livre avalé : on se délecte de sa douceur de miel quand on l'a en bouche, mais une fois avalé, le petit livre vous remplit les entrailles d'amertume et il faut alors, pour s'en débarrasser, « prophétiser contre une foule de peuples, de nations, de langues et de rois ». J'ai dû avaler l'histoire de mon père, et c'est vous, maintenant, qui devez la goûter.

On s'en revient toujours aux mêmes endroits dans la vie, même lorsque l'on n'y est plus. Le souvenir vous rattache à ces lieux que vous avez traversés dans l'allégresse ou dans la peine, et la mémoire conserve ce petit goût grenadine qui peut parfois tourner au vinaigre.

Avec ma mère, en septembre, on cheminait jusqu'à l'orée du bois. On s'enfonçait dans les ronciers hirsutes qu'elle ne manquait jamais de comparer aux épis rebelles de ma chevelure noire. Leurs tiges, disait-elle, avaient comme les plantes carnivores des crocs pour capturer les enfants pas trop studieux. Moi je la croyais car leurs épines semaient en effet les mêmes rousseurs qui pointillaient le teint délicat du papier vergé dont je couvrais mes manuels. D'ailleurs, on ne parlait que de cela : de l'école, de la dernière leçon sur le système métrique ou de l'instituteur qui, en cette année 1914, rendait tous les jours hommage aux combattants. À la lisière de la forêt, les fougères nuancées lie-de-vin pleuvaient en crosses d'évêque ou en toboggans. C'était joli à regarder. Nous imaginions toutes sortes de formes. Je voyais souvent des carrousels ou des chevaux de bois. Parfois même, il restait quelques mûres. C'étaient les derniers rayons du soleil estival que l'on cueillait avec une pointe d'amertume. Sur le petit sentier aux escargots, on glissait doucement vers la mélancolie de l'automne.

De retour à la maison, il fallait faire les devoirs. D'abord la lecture. J'adorais les petites histoires, les anecdotes avec des rois et des magiciens, et mon œil grappillait les lignes comme autant de lucioles-coccinelles. Les exercices d'orthographe, par contre, me déplaisaient un peu. Trop figés. Mais je calligraphiais méticuleusement, versant dans les majuscules du bleu d'outre-mer. Ce mois de septembre-là, nous eûmes une fois à mettre des accents sur des mots. Ma mère m'aida, mais nous hésitâmes sur le mot *lièvre* : grave ou aigu ? On ignorait. Le lièvre sautait avec trop de légèreté pour prendre un accent grave, alors nous créâmes un accent entre les deux. Le dictionnaire dormait juste à côté, à quelques centimètres de nous, mais nous nous sentîmes complices de conspirer et de tricher ensemble. Et si le maître ne voyait rien, alors nous aurions gagné. Le maître ne vit rien.

À l'école, cette antichambre du monde, les choses changeaient radicalement. On ne jouait plus aux Prussiens dans la cour car ce jeu même nous paraissait désormais criminel. Nous étions devenus des soldats en miniature que l'instituteur disciplinait militairement. À la sonnerie du matin, on se regroupait deux par deux en rang devant la salle de classe pour y entrer au pas sous le regard intransigeant du maître. Petit à petit, l'esprit militaire envenimait nos copinages, le serpent du nationalisme guerrier s'entortillait autour de notre naïveté. Et il me faisait mal.

Le grand Alphonse, notre chef de bande, décida en effet de nous diviser en deux camps : ceux dont les pères se battaient au Front, et ceux dont les pères *moisissaient* à la maison. Les premiers se nommèrent les Poilus ; les seconds, les embusqués. Bien sûr, les deux ne s'amusaient plus ensemble, ils ne s'adressaient même plus la parole. J'avais beaucoup de peine car je n'osais plus traîner avec Gilles, et pourtant c'était mon meilleur copain. C'était lui qui m'avait appris à capturer les abeilles dans des pots de confiture vides. Notre amitié interdite me trouait le cœur comme un dard très pointu.

Les petits Poilus, dont je faisais évidemment partie, dédaignaient les embusqués. Les pauvres me rappelaient un peu les Noirs entassés au XVIIIe siècle sur les navires anglais, charognes enchaînées aux enfers, nourries de manioc et de désespoir. Alors je pris à part le grand Alphonse et le persuadai que ceux dont les pères étaient trop âgés ou trop malades pour partir à la guerre étaient un peu moins embusqués que les autres, un peu moins noirs que les Noirs. C'est ainsi que Gilles fut admis dans notre cercle.

Un jour, son père vint le chercher à la sortie de l'école. Gilles et moi, nous jurâmes aux autres qu'il s'agissait en réalité de son oncle, et ils nous crurent. J'avais dit à tout le monde que son père boitait et avait les cheveux blancs. C'était ça, la guerre : on n'avait même plus le droit d'être fier de son papa.

Nous habitions une petite maison en pierre avec un jardin, à mi-chemin entre une forêt et la plage. La maison, évidemment, ne nous appartenait pas. Ma petite chambre était mansardée, et son plancher frémissait sous les pas. Ses murs, peints à la chaux bleu pâle, semblaient tout proches du ciel découpé dans la minuscule lucarne du plafond bas. Celle-ci donnait sur le bocage, où fuguaient les coups carillonnés du clocher que parfois, comme par magie, un pélican suivait. Mon père me disait souvent : « Chaque fois que tu te sens triste, regarde les oiseaux. Ils emporteront dans leur vol toute la lourdeur de ton cœur. »

Avant la guerre, mon père et moi regardions souvent les oiseaux ensemble, et pas seulement les pélicans. Parfois il se surprenait à marcher avec moi sur le bord du trottoir, comme si c'était la marge qui comptait, la limite. L'oiseau, au contraire, ne connaît pas de limites. Il déploie ses ailes et s'arrache à la terre prisonnière dans une très pacifique révolte. C'est alors que le cœur du paysan bat la chamade : un oiseau qui s'envole vers l'horizon, c'est la plus belle, la plus merveilleuse des libertés qui puisse être gagnée.

Depuis le départ de mon père, ma mère s'absentait de plus en plus souvent l'après-midi. Elle me disait qu'elle se rendait à la plage où elle s'asseyait sur un rocher pour contempler l'estuaire qui s'allongeait comme un bras tendu vers son époux. Dans le bleu marine du crépuscule s'enfonce l'apaisement nacré du soleil. On y puise des instants de sérénité. On croirait que Dieu même s'y ressource. Ma mère avait fait la connaissance d'un homme qui écoutait le murmure de l'eau. Il avait des cheveux blonds. Elle se garda de divulguer quoi que ce fût de cette rencontre, mais un de mes copains les vit un jour.

Quand j'étais petit, je n'aimais pas être seul sur l'estuaire. Les mouettes poussant leurs cris rauques hantaient alors les lieux comme des démons.

Au Front, la réalité dépassait l'imagination. La même journée se prolongeait à travers la lumière et l'ombre, à travers les combats et les marches forcées, les souffrances. Dans la dernière lettre, datée du 26 septembre, le capitaine voulut obliger des soldats couchés à se lever pour avancer. Coups de pied au flanc. Ils n'obéirent pas. Il se baissa et constata qu'ils étaient morts. Tués pendant qu'ils tiraient à plat ventre. Figés dans l'instant.

Mon père fit la connaissance d'un tout jeune homme d'à peine dix-huit ans, prénommé Christophe. Il respirait la joie de vivre, cette fougue du Sud qui met dans les yeux et le cœur à la fois le soleil et le farniente des fleurs fuchsia. La famille de Christophe venait d'Italie, de Bari exactement, là où le patois a des consonances de russe : « Iuscho u paperusse ! » (« Ça pique, le poivron ! ») répétait-il souvent à mon père qui adorait cette phrase exotique.

Christophe et mon père avaient appartenu à la même division de réserve en Alsace. Une famille italienne naturalisée française depuis peu, une cousine qui se prénommait Flora comme ma mère, tout cela suscitait la sympathie de son aîné. Aussi paterna-t-il ce jeune homme qui détestait la guerre mais se battait pour régler à la nation une *dette d'hospitalité* que ses aïeux avaient selon lui contractée. Il croyait en sa bonne étoile, celle du berger qui avait guidé les fameux Rois mages et pouvait donc maintenant bien aider un modeste paysan immigré.

Christophe servait dans l'artillerie et n'hésitait pas à prendre des risques afin d'effacer cette prétendue impureté qui entachait selon lui l'immigré italien, méprisé à l'époque. Il croyait dur comme fer à l'honneur du guerrier. Mon père espérait pour lui qu'il ne se trompait pas de combat. Leurs adversaires avaient des canons monstrueux de 420 qui pesaient quatre cent cinquante quintaux avec des obus d'une tonne. Christophe avait pour lui la légèreté de son âge.

42

C'est le privilège de la jeunesse de se croire immortel et invulnérable. Mon père avait également du mal à comprendre René, le frère de ma mère. Ce dernier éprouvait la nostalgie de Rezonville, Gravelotte et autres Reichshoffen qu'il n'avait pas connus. La nostalgie du mouvement, de l'héroïsme, des batailles où les armées se cognent avec acharnement et où le sang abreuve une postérité illusoire. Eux, ils marchaient la nuit, se cachaient le jour, bougeaient seulement à l'aube et au crépuscule. Ils s'enterraient dans des tranchées comme pour franchir un peu plus le chemin qui menait vers la tombe.

Ces tranchées creusaient la terre comme une plaie ouverte sur la peau de la barbarie, comme une marge signalant la frontière entre le monde et l'immonde. Une marge qui, avec le temps, sous les moissons à venir, se réduirait à une simple ride ou une rigole dont certains, justement, rigoleraient. L'eau y croupissait et les armes y rouillaient, gangrenées par le cancer du fer. La boue suintait sur les pages blanches de mon père. Lui et ses camarades ne voyaient rien. Ils attendaient. Et soudain ils entendaient. L'artillerie crachait. Ils comptaient les coups. Ils hasardaient un œil pour estimer la portée des machines, et le jeu reprenait de plus belle. Ils leur envoyaient de la picrite, les Allemands leur balançaient de la mélinite. Par kilos. Et tout à coup, krâââkk ! La poussière, le sable, une fumée noire qui les aveuglait, et, par terre, ceux qui ne verraient plus jamais...

Puis, lassé, le soleil se couchait sur une plaine perdue, embrasée d'une lumière fauve où se découpaient des nuages globuleux, comme si toute la campagne incendiée partait en fumée. Alors le vent prenait la relève. Il balayait le paysage de son souffle de glace, et pourtant la terre brûlait encore. Les yeux des cigognes rougissaient, flagellés par cette bise qu'elles fuyaient tout autant que le souvenir de la bataille.

Mon père décrivit cette scène plusieurs fois. La plaine était inculte et solitaire. Sur son dos amoché, il n'y avait pas un arbre. Seulement ce peuple tenace de plantes épineuses, touffues comme une laine d'acier. Mais déjà elles chancelaient. Un ciel de plomb écrasait la terre. Et en un instant, le monde se retournait. Le vent soufflait trop fort. Les plantes ployaient. Résistaient. Puis s'abandonnaient. Les nuages se mêlaient à la poussière. Le ciel s'enfonçait dans la terre. Et le vent semait son destin. Il fauchait les plantes à la racine. Plus rien ne l'arrêtait. Il crachait toute sa rage. Et les tiges cassaient net, comme des cristaux de vie. Leurs boules pointues roulaient alors dans une avalanche furieuse, éperdues. Elles s'entraînaient, s'accrochaient, s'entrechoquaient. Soudain elles s'élevaient. Alors le vent les regardait une dernière fois. Il prenait son élan, et les pulvérisait d'un ultime soupir.

À ce moment-là, mon père pensait à nous. Il pensait à tout ce que nous avions vécu et que l'on vivrait encore. Ensemble. Dans son poing fermé, il protégeait nos lettres qu'il allait relire à l'infini.

44

C'était tout ce qui lui restait pour tenir le coup. Et l'espoir en l'avenir. La permission de Noël. Et l'enfant qui grandissait dans le ventre de ma mère et dans son cœur.

Chaque jour, le manque augmentait. Le domino noir et blanc du manque culbutait le suivant, et ainsi de suite, jusqu'à ce que toute la construction patiemment échafaudée à force d'affection s'effondrât insidieusement. Ma mère ne supportait plus cette fuite en avant et pensa chercher du réconfort chez ses parents qui habitaient un village mitoyen. Elle voulut déménager et s'installer là-bas avec moi. « N'oublie pas d'emporter ta pipe ! » me lança-t-elle, enjouée, la veille où nous fîmes les valises. Je possédais en effet une pipe peinte en rouge, que mon père avait sculptée dans du noyer. J'avais toujours voulu fumer, sans doute pour imiter grand-père. Je me sentais grand avec cette pipe, et fort aussi. J'avais un bec de pélican. Il était plus solide que les osselets du désespoir.

Le déménagement tourna court. Arrivée sur le pas de la porte, ma mère esquissa un sourire gêné. Quelques longues secondes s'y suspendirent, devant le visage ébahi de grand-mère. Subitement elle lâcha sa valise sur le paillasson et s'effondra en larmes, les pupilles un peu honteuses, dilatées par la peur du lendemain. Grand-mère hocha la tête, sans doute en signe d'acceptation de l'injuste destin. Elle baissa les paupières et ferma net la porte derrière nous. Alors j'eus cette remarque : « On peut pas voir les pélicans de la fenêtre des chambres ! » Les yeux de grand-mère scintillèrent, comme lors du réveillon de Noël quand elle me regardait ouvrir son cadeau. Elle noua ses mains sur la poitrine et supplia ma mère de se ressaisir, de faire au moins un effort pour moi, de rentrer chez nous et d'y faire revivre l'absent, de penser très fort à lui pour épuiser notre émotion : « Il faut résister à l'envie de partir ! » insista-t-elle. Rester dans la maison, c'était selon elle notre façon à nous de combattre, d'apporter notre contribution à la lutte patriotique. Notre maison était le dernier refuge de nos souvenirs.

Ma mère, sagement, obéit une fois de plus, comme elle l'avait toujours fait. Le soir, de retour chez nous, elle ne dit mot mais je devinai bien qu'elle avait encore envie de pleurer. Elle se résigna à rendre visite à mes grands-parents une ou deux fois par semaine, en vérité le plus souvent possible. Le fardeau pèse moins lourd quand on le porte à plusieurs.

Si grand-père était là, je sautais sur ses genoux, la pipe rouge au bec, et je l'écoutais toute l'après-midi me raconter des histoires. Il me parlait du *bon vieux temps* et de sa jeunesse en Italie, ou alors il inventait des anecdotes. Bien sûr, j'y croyais dur comme sa pipe à lui et ses nuages gris ardoise qui enfumaient le paysage de mes rêveries.

L'histoire du cheval vert revenait souvent, il la répétait trois ou même quatre fois à ma demande : un petit cow-boy retrouve sa monture peinte en vert devant la porte d'un saloon où il pénètre d'un pas vengeur : « Qui a peint mon cheval en vert ? » C'est alors qu'un grand gaillard, deux fois plus costaud que lui, se lève et rétorque d'une voix d'ogre : « C'est moi ! » Et le premier, impressionné, de demander tout timidement : « C'était juste pour savoir quand vous passeriez la deuxième couche... » J'adorais cette histoire, je faisais comme si, à chaque fois, j'en ignorais la chute avec l'espoir qu'une autre se produisît, qu'un Peter Pan ailé ou qu'un dauphin bleu surgît tout à coup d'un verre de whisky. C'était, à chaque immuable version, le cou de la girafe fantaisie qui s'allongeait comme le nez de Pinocchio ou les haricots géants qui touchent les nuages si moelleux d'amour. C'était une fête perpétuelle, une griserie infinie.

Pendant ce temps, ma mère lavait et coupait les cheveux de grand-mère, puis elle enroulait ses mèches autour de bigoudis multicolores. En attendant que la permanente séchât, elles s'asseyaient l'une en face de l'autre, comme pour mieux se soutenir et se regarder, car on ne sait jamais en temps de guerre ce qui peut arriver.

Installée dans une chaise à bascule, la plus âgée brodait un gilet sans comprendre grand-chose à la broderie de sa propre vie. Sa fille, assise au bord d'un tabouret, cousait aussi, un tissu transparent de fausse sérénité dont elle se voilait parfois la face. Mais c'était surtout le doux drap de la conversation qu'elles tissaient ensemble, cet étendard de velours où l'on s'étend, apaisé, écouté, caressé par la parole qui vient du fond de l'âme. Même le chat noir et fauve de mes grands-parents s'y emmitouflait en ronronnant son réconfort. Les deux femmes n'évitaient pas les sujets douloureux, mais prononçaient chaque phrase avec une tendresse infinie. Chaque mot était un mouchoir de soie destiné à empêcher les larmes de l'autre. Grand-mère évoquait le prix des denrées qui augmentait tous les jours, les œufs qu'il fallait vendre plus cher, les lettres de René qu'elle empilait sur la cheminée comme le petit garçon collectionne les papillons promesse. Son fils au Front fumait davantage qu'un pompier et cela, bizarrement, la rendait un peu fière : il devenait adulte grâce aux gauloises et aux scaferlatis. Elle confiait aussi que la guerre les angoissait terriblement même si son mari ne le montrait pas, retenu par l'orgueil du forgeron.

— François s'est rapproché de toi. Il doit être content. Ce n'est pas si loin que cela, l'Oise ? dit-elle comme en fine dentelle.

— Oui, c'est vrai. Mais, tu sais, *pas si loin*, c'est déjà *trop loin*...

— Flora, je voulais te dire... Le fils de Lucien ne reviendra pas.

Ma mère dérapa sur le tissu et se piqua le doigt avec l'aiguille. Une goutte rouge apparut. Grand-mère s'en voulut :

— Je m'excuse, je suis tellement maladroite...
Je ne savais pas comment te le dire, murmura-t-elle d'une voix étouffée, fixant dans la vitre le reflet de ses pattes d'oie qui lui enchâssaient les yeux.

— Ce n'est rien, maman, ce n'est pas grave, minimisa ma mère. Ça ne saigne même pas. Tu as bien fait de me le dire. Personne ne sait *comment dire* ces choses-là, de toute façon.

Le chat s'irisa d'un joli rayon jaune bondissant par la fenêtre. Le monde s'entretuait mais son soleil brillait encore et nous réchauffait. Il y avait sur la table du salon un napperon de lumière, un petit château de lueurs blanches et or qui disparaîtrait avec le crépuscule. Grand-mère profita de cet éphémère émerveillement :

— J'aurai bientôt terminé de tricoter les chaussettes pour le bébé. Tu vois, il pourra venir un peu plus tôt que prévu...

Ma mère sourit. Je vis dans ses yeux le même château de lueurs bleues où se logeait le bonheur à venir. Alors je lui dis :

— Tu n'as pas l'impression que... Maman, on dirait que rien n'a changé !

Presque rien n'avait changé, en effet. Sauf que mon père ne voyait pas de pélicans là où il survivait. Grand-mère offrit à ma mère quelques pots de confiture d'abricots qu'elle avait préparés pour lui.

L'après-midi s'avançait, cheval vert ayant besoin de se divertir. Grand-père m'emmena au cinéma de la ville voisine. On y entrait gratuitement car il rendait parfois service au patron, une vieille connaissance à lui : il y réparait le plancher ou repeignait les murs. Le cinéma, de toute façon, coûtait trois fois rien et on pouvait y rester aussi longtemps que l'on voulait. Certaines personnes y passaient des journées entières mais elles avaient des fourmis dans les jambes à force d'être debout : il n'y avait pas encore de place assise. C'était un lieu de rencontres où l'on revoyait de vieux amis. À l'époque, tout le monde se connaissait mais il fallait deviner les visages voilés par l'épaisse fumée des cigarettes.

Assis sur les épaules de grand-père, je la chassai de mon bras éventail, et ce fut à des scènes de guerre que mon œil se heurta : des maisons écroulées, des départs pour le Front, des blessés que des infirmières pansaient, les mains poissées de sang noir et blanc. Puis, tout à coup, le type planté à notre droite hurla dans la salle : « Et dire qu'il y a des embusqués ! » Cette phrase grenade m'éclata dans la poitrine, dans la tranchée de ma trachée. J'eus terriblement mal. Je pensai à Gilles et à son père ainsi qu'à ces clans qui nous divisaient à l'école. Je pensai que Dieu était injuste car il ne protégeait pas Gilles qui, pourtant, était le meilleur attrapeur de guêpes que je connaissais – et mon meilleur ami. La phrase avait dû faire beaucoup de dégâts dans ma poitrine car tous les petits bonshommes de mon cœur, le caporal amitié et le colonel bonheur, se mirent à pleurer. Un fleuve immense me submergea les yeux et coula sur mes joues. Grand-père le vit et me demanda si je voulais sortir.

Dehors une frange rosée s'effilochait sur le ciel bleuté. Grand-père me prit la main, descendit à ma hauteur et me demanda ce qui n'allait pas, ce qui m'avait causé du chagrin au cinéma. Je ne répondis rien. Il ouvrit ses larges ailes de laine, et j'y enfouis ma peine. Alors il m'expliqua que l'on dépisterait tous les embusqués, que le tourbillon de la délation les emporterait les uns après les autres. Eux aussi rejoindraient les soldats couverts de boue qui avaient tout à l'heure défilé sur la toile. Tous les Français en état de survivre partiraient sans exception. Mon copain Gilles ferait alors partie de notre cercle pour de bon. C'est ainsi que je me consolai. Mais au fond de moi, j'aurais préféré ne plus avoir d'amis. Cela aurait signifié que mon père n'était pas un Poilu et qu'il continuait à vivre auprès de nous.

Peut-être la pire des souffrances est-elle celle du soulagement provisoire, celle du poisson pêché qui agonise sur la rive et que l'on plonge dans le seau d'eau avant de le laisser s'assécher. C'était cet étouffement-là qui guettait mon père après ces quelques heures de répit, trois ou quatre jours toutes les trois semaines seulement. Lui-même évoquait dans ses lettres ce conte de Villiers de L'Isle-Adam où le doucereux Inquisiteur reconduit au couloir de la mort le condamné qu'il a fait espérer en le laissant croire à la possibilité d'une évasion.

C'étaient dans les tavernes que mon père et ses camarades s'évadaient alors, en quête de vin et de réjouissance. Le rouge était cher, presque un franc le litre. Mais tant pis, les hommes se jetaient dessus. Ces tavernes, c'étaient des cavernes où ils retrouvaient leurs instincts primitifs et joyeux, dans la brume de la bonne humeur. Il y avait, accrochées aux murs tapissés de torchis, des têtes empaillées de sanglier et de chevreuil, signe que l'on dévorerait à pleines dents de grosses tranches de viande rôtie.

Une trentaine de Poilus s'attablaient autour des apéritifs rubis que le patron disposait comme des lumières de Noël. Le vin divin illuminait la salle, se buvait à grandes gorgées, dégoulinait sur les mentons et les torses, chauffait les cœurs et les corps. Les serveuses riaient, les yeux mâles s'égaraient dans leurs décolletés rebondis, les mains furtives se perdaient sur les cuisses roses qui rapportaient de l'or au patron et du plaisir pensé aux Poilus qui dépensaient. Ces festivités semblaient orchestrées par le doigt feutré de Lucifer qui offrait aux soldats une trêve dans l'enfer. Ils dansaient en fièvre, se prenant par les coudes et entonnant du plus fort qu'ils pouvaient :

Oh Madelon vois-tu j'ai comme la
tour Eiffel ou le truc de Louxor qu'on a
sur Paris érigé, tu verras
je me débrouillerai bien à
te remuer le tralala...

Et c'était à celui qui chantait le plus faux, à celui qui, pour une fois, n'obéissait à aucune mélodie ni loi. Les soldats s'inventaient un nouveau monde où il ne pleuvait pas, où le soleil roi déversait son torrent de vin parmi les nuages bleus des gauloises qui se fumaient sans fin. Ils vivaient une ivresse qui ne s'évanouirait que dans la réalité dont ils ne voulaient pas. Ils se soûlaient des mots les plus suaves :

Ferme tes jolis yeux
Car les heures sont brèves
Au pays merveilleux
Au doux pays du rêve

Il y avait toujours un type qui savait jouer de la musique et avait apporté son accordéon resté silencieux dans les tranchées. Il pianotait à la folie et c'était toute la ferveur des bals musettes qui s'emparait des hommes : l'un tournait une valse sans cavalière, un autre mimait des ailes de pigeon, d'autres encore se mettaient à quatre pattes et se suivaient en chenille, tous hurlaient de rire pour étouffer la difficile nostalgie des premiers flirts contenue dans ces airs populaires. Les visages et les aisselles suaient, les yeux rouges et enflés se noyaient dans les verres de l'oubli, la sale guerre fondait sous la chaleur humaine. Mais tous savaient que, le lendemain, elle recommencerait, que les chevaux mourraient encore et que les corbeaux noirs de l'automne épouvanteraient leurs âmes.

Dans sa lettre du 10 octobre, mon père faisait des louanges à ma mère pour la marmelade d'abricots. Elle lui goûtait encore plus qu'avant, c'était tout un paysage d'amour orange et sucré qu'il avalait. Mais c'était la confiture de grand-mère. Lui n'en savait rien. Il ignorait également que sa femme rencontrait de temps en temps un homme aux cheveux blonds sur l'estuaire. Au fond, il savait trop peu de choses. Les journaux se complaisaient tous dans le même discours, disséminant la même poudre aux yeux patriotique. Le *Canard enchaîné*, qui tenterait de réagir contre les mensonges de la presse, le lavage des cerveaux et les bouches muselées, naquit seulement le 10 septembre 1915.

De plus, une censure sévère sévissait au Front. De pauvres Poilus l'apprenaient tous les jours à leurs dépens, qui s'étaient laissés aller discrètement à une confidence dans leur lettre ou leur carte postale. Interdiction formelle de nommer les endroits, les unités et les chefs avant le changement de lieu. Le fourrier rassemblait tout le courrier avant son départ et en vérifiait normalement le contenu. Mais il n'en était pas moins homme et cédait parfois à la supplication de camarades qui le soudoyaient amicalement avec quelques cigarettes. Mon père insistait bien pour que ma mère n'évoquât pas la guerre, sinon de façon allusive. Il voulait qu'elle se contentât de lui parler de leur amour qui n'avait ni prix ni frontière. Mais lui ne se serait jamais tu. Ou c'est l'ignorance qui l'aurait tué.

Nous lui manquions plus que je ne saurais dire, et il nous faisait part d'inquiétants pressentiments. Lui qui d'ordinaire se fondait de manière rationnelle sur son raisonnement et sa logique pour prendre une décision, ou appréhender un problème, prêtait alors attention à des phénomènes insignifiants : une goutte de pluie sur son nez, un nuage gris au-dessus de la tête, un bouton de capote égaré suscitaient en lui des interrogations ou des doutes.

Petit à petit, il s'abritait derrière des rituels, celui de l'écriture surtout.

Lorsque le soleil cessait de jouer dans les feuilles noires et s'abîmait derrière la colline qui le surplombait, il se mettait à écrire. Sous l'astre déclinant tressaillaient les dernières rougeurs des incendies. C'était le signal de l'accalmie. Une nuance violette et verte descendait sur la plaine où se diluait le reflet des flammes. Mon père, apaisé, s'asseyait par terre, posait un livre sur ses cuisses et à côté de lui une lampe à pétrole brillant faiblement. Et alors il écrivait, soignait son écriture au mieux, ne barrait pas, ne raturait jamais. Il écrivait au plus près de ce qu'il ressentait, comme doit le faire l'écrivain vrai. Chaque mot admis l'était parce qu'il était avant tout éprouvé, pris dans le plus profond de lui-même, et c'était juste ce mot-là qu'il lui fallait, et pas un autre. Chaque mot était une rose ou un nénuphar répandant son petit parfum parmi l'infâme puanteur des charognes et de la boue. Chaque mot était un bourgeon de joie que nulle bouture ni coupure ne devait empêcher d'éclore. Quand on n'a plus que les mots, aucun mot n'est de trop.

La tranchée comptait un bon nombre d'écriveurs de fortune et elle abondait d'artistes. Les Poilus plaçaient des planches contre les parois intérieures pour consolider le palais des mille et une tueries. Les soldats qui maniaient bien le crayon les enjolivaient de dessins humoristiques ou artistiques comme une caricature de Guillaume II ou un cavalier dont le cheval s'abreuvait dans un cours d'eau. Un type, qui avait fait la glorieuse bataille de la

Marne et venait de rejoindre le bataillon de mon père, s'attelait chaque jour à son chef-d'œuvre : une reproduction de la grandiose scène de guerre qu'il avait vécue là-bas. Il peignait la fresque dans ses moindres détails, arguant de l'inestimable valeur historique qu'elle aurait dans quelques siècles, quand les archéologues de l'an 3000 la découvriraient, ensevelie sous une couche de gravats et de squelettes. Il utilisait de la chaux vive pour teindre les tranchées très justement esquissées car la marne éclairée par le jour leur donnait en effet l'apparence blafarde des glaciers. C'était un enfer blanc que mon père admirait sur la paroi de bois. C'était un enfer dans l'enfer qui les enfermait tous.

Le peintre, comme l'écrivain, s'arrête sur ses mains. Elles représentent pour lui largement plus qu'un simple outil de travail. Elles prolongent son esprit et donnent corps à la fulgurance émotionnelle qui le traverse. Mon père aimait ses mains. Il les contemplait longuement car elles lui semblaient insufflées d'une autre vie que la vie matérielle. Certains jours, elles étaient sacrément sales, alors il les lavait, les nettoyait, les gardait aussi propres que possible. Il entrevoyait dans ses mains la clarté de son esprit. La blancheur des mains marque aussi la distinction militaire. Il tuait avec pureté. Il tuait avec les mêmes mains qui avaient fait l'amour à sa femme.

Le bonheur que l'on n'oubliait pas s'exhalait un peu de la cire et du bois, de l'abat-jour, des canevas sur les murs, des napperons et des rideaux dont ma mère avait la religion. Quand elle ne lisait pas Verlaine dont les soleils couchants fondaient dans ses yeux bleus, ma mère cousait ou brodait, inlassablement, comme la reine Pénélope attendant le retour d'Ulysse. C'était à chaque fois des paysages nouveaux qu'elle traçait par monts et par vaux à la pointe de son aiguille dont le fil de coton blanc serpentait en nuages parmi des fonds bleus et rose thé. Elle avait le temps et la minutie de dresser la topographie de ces lieux qui nous réjouissaient les yeux. Son fusain délicat dessinait des faisans dans des forêts, des villages charmants et des châteaux où nos âmes ravies se réfugiaient comme dans un manoir des merveilles.

Ce fut pendant un de ces travaux de dame, en plein mois d'octobre, qu'une tempête d'une violence inouïe éclata. De puissantes rafales de pluie saccagèrent le jardin. Les bourrasques rasèrent des arbustes et mitraillèrent les carreaux de leurs grêlons gris ferraille. Nous perdîmes dans ce terrible massacre des tuiles, des récoltes à venir et un peu de notre optimisme. Ma mère passa des heures à observer les méandres de la pluie sur les vitres du salon, la course effrénée des gouttes qui glissaient, ralentissaient, hésitaient puis se percutaient et dégringolaient dans la rainure de la fenêtre, cette tranchée en miniature où elles disparaissaient à jamais. Elles laissaient sur le carreau de longues traînées verticales comme les barreaux d'une prison. Alors ma mère lisait et relisait le poème « Çavitrî » où, *pour sauver son époux, Çavitrî fit le vœu de se tenir trois jours entiers, trois nuits entières, debout, sans remuer jambes, buste ou paupières* :

Que nous cerne l'Oubli, noir et morne assas-
[sin,
Ou que l'Envie aux traits amers nous ait pour
[cibles,
Ainsi que Çavitrî faisons-nous impassibles,
Mais, comme elle, dans l'âme ayons un haut
[dessein.

Pourtant l'homme à la chevelure blonde, que ma mère avait par hasard rencontré sur la plage, vint nous aider à réparer les plus gros dégâts. Nous ne nous parlâmes guère et je l'observai du coin de l'œil avec méfiance car il me sembla qu'il usurpait le rôle de mon père. Une fois même, il

60

déjeuna avec nous. Je prétextai alors une masse de devoirs à faire pour quitter la table plus tôt. J'étais sûr qu'il ne regardait jamais les pélicans voler.

Un télégramme nous informa que René avait été blessé. Mon père nous assurait qu'il s'en sortirait. On l'avait transporté dans l'hôpital militaire le plus proche et on nous garantissait qu'on s'occupait bien de lui. Les infirmières se dévouaient corps et âme, et René était un battant. Il n'aurait pas abandonné la vie pour si peu.

Mon père aurait préféré lui parler d'amour, mais ma mère insistait pour savoir ce qui s'était passé. C'était légitime. Après tout, les députés de la Chambre se plaignaient que les Poilus n'avançaient pas, mais s'imaginaient-ils un instant qu'ils sacrifiaient leur vie et celle de leurs chers ? Bien sûr, le député ne craignait rien, replié bien au chaud dans son bureau d'où il suivait les opérations, une carte de France à la main, une infusion parfumée dans l'autre, confortablement installé à l'abri de la pluie de feu et de soufre. Le député flânait avec allégresse dans Paris et s'offusquait si une poussière maculait l'éclat de sa redingote de cuir. Il méprisait le soldat et refusait de lui attribuer une croix de guerre qui n'aurait certes pas remplacé une jambe ou un bras mais aurait au moins témoigné d'un semblant de reconnaissance. Les Allemands, à l'inverse, en distribuaient à tort et à travers : croix de fer, de cuivre ou de bronze. Le député fantasmait, s'imaginant qu'il suffisait de, qu'il n'y avait qu'à ! Mais lui ne pleurait pas sa mère. Mon père trouvait scandaleuse son indifférence à la souffrance des Poilus et il fallait absolument que les gens sachent la réalité du Front. Tout cela avait déjà si peu de sens...

Avec le renfort d'une nouvelle unité d'artillerie et le passage des troupes en première ligne, la guerre avait changé de faciès. Un faciès plus téméraire, plus démentiel encore.

Le 15 octobre. Dans la nuit, la tranchée allemande, large d'environ dix mètres, ressemble à une monstrueuse toile d'araignée, sillonnée en tous sens par d'épais fils de fer barbelés qui relient des madriers d'acier plantés à hauteur d'homme. On dirait des pieux de torture pareils à ceux qu'utilisait au XVe siècle l'ignoble Roumain Vlad Tepes pour empaler ses victimes de guerre. Une attaque suicide s'élancera à une heure du matin, mais les Poilus l'ignorent encore. Une canonnade intense se déclenchera : pilonnage de la toile de fer, puis assaut à la baïonnette par l'artillerie. Mon père et René couvriront de l'arrière. Cela leur laisse une chance.

La plupart des soldats dorment profondément, harassés par les labeurs quotidiens et la guerre des nerfs. Ils ne se doutent de rien. Mais mon père renifle le danger. La peur écarte la somnolence, qui d'ordinaire le terrasse littéralement. Il fait nuit noire. Il est bien sûr trop risqué de porter un assaut les nuits de pleine lune où l'astre lorgne sur les soldats puérils comme un maître mécontent de leurs jeux mortels. Il y a néanmoins, incrustées sur la grande porte sombre du ciel, quelques étoiles judas d'où filtre le regard brillant d'un Dieu hagard. Osera-t-il descendre sur Terre et faire justice lui-même ?

Mon père capte la conversation des officiers ; l'un d'entre eux parle de Napoléon : la sûreté de son coup d'œil, son intelligence stratégique et son implacable volonté. La crainte de mon père décuple. Napoléon ne respectait pas la vie humaine : « Qu'est-ce qu'un homme après tout ? » se demandait-il. Et le capitaine s'inquiète. Son visage grimace comme lorsqu'il perd à la manille. Il pense à l'échec, c'est sûr. L'attaque ne servira à rien. Ils ne pourront pas franchir les fils barbelés. Mais l'ordre est formel. Le lieutenant grille une dernière cigarette dont les volutes bleutées s'échapperont bientôt dans l'horreur rouge. Il appelle le téléphoniste : « Tiens, voici des lettres d'adieu. Tu les enverras ce soir chez moi si tu t'en sors. J'ai une femme et deux filles. »

À une heure, tout tremble. Les entrailles de la terre vibrent. Tout à coup, la fusée-signal trace un sillon rosé dans le noir. Le lieutenant s'élance hors de la tranchée : « Baïonnette au canon ! » Un soldat hurle : « À l'assaut pour la France ! » Le capitaine entonne *La Marseillaise* et le groupe s'avance : en tête le lieutenant, derrière des sapeurs du génie armés seulement de boucliers et d'énormes cisailles, derrière encore la section avec, en queue, huit autres sapeurs munis de pioches et de pelles.

Soudain le lieutenant s'écroule. Puis le sergent. Que faire ? Impossible d'avancer ni de reculer. Eux, ils tirent de l'arrière comme des machines. Leurs hommes courent dans tous les sens. Les Boches touchent à chaque coup. Ça tombe comme des mouches. Les hommes se jettent au sol. Ils grattent la terre avec leurs doigts et amoncellent des petits tas en guise de boucliers. Remués par les salves, les corps tressautent. Les blessés geignent. Grimacent. Ils rampent comme des rats pourris et laissent après eux des rigoles rouges aussitôt bues par la terre, cette satanée terre qui engloutit tout. Les balles fusent, ricochent sur les boucliers, cinglent le sol, percutent les casques, transpercent les uniformes. Tout à coup, une balle traverse le sac de René placé devant lui. Le projectile le blesse à la main, perce sa capote et lui érafle la poitrine. René fait mine de ne rien sentir. Il est aussi solide et orgueilleux que grand-père. Il ramasse la balle, la montre à mon père puis la range dans son porte-monnaie : « Ça peut toujours servir ! » ironise-t-il.

La tranchée adverse se trouve à deux cents mètres, et les Allemands visent bien. Devant l'impuissance des Poilus et le carnage, le capitaine ordonne le repli. Inacceptable pour René. Il saute hors de sa tranchée. Les balles pleuvent. René se couche dans un cri atroce. Mon père se jette sur lui pour l'aider. Il souffre affreusement. Son front brûle de fièvre. Il a l'impression qu'on lui brise les os avec une massue. La balle lui a perforé le bassin. En le tenant par le col, mon père le traîne comme un sac dans un trou où ils se blottissent. Les camarades battent en retraite. Ils abandonnent les blessés. Ils *les* abandonnent, sans soins, assoiffés. Il faudra attendre toute la nuit. La nuit la plus horrible qu'ils aient jamais vécue. Une nuit où les yeux de la mort luisent dans le noir d'un feu rouge.

René blêmit. Il sue à grosses gouttes comme une bête qu'on égorge. Il délire. Et c'est une lutte pour grignoter des instants de vie. Une lutte où ils tutoient l'abîme à longueur de secondes. À chaque bruit, à chaque mouvement que fait un blessé, la fusillade reprend. La mitrailleuse balaye le terrain. Les balles leur passent au-dessus de la tête, et la soif les torture de plus en plus. Mon père arrache çà et là des touffes d'herbe qu'ils mâchent le plus longtemps possible.

La nuit s'avance. René souffre, le visage livide, déformé par la douleur. Il pense à ses parents. Il appelle sa mère. Mon père pense très fort à nous, le plus fort qu'il peut, pour effacer de son esprit le rictus obscène de la mort.

Enfin le soleil risque une lueur chétive. Des chevaux trottent. Ils s'approchent. Mon père lève furtivement la tête. Deux cavaliers allemands. À cinq mètres. S'ils les repèrent, c'est fini. Tout à coup, ils s'arrêtent. Sautent à terre. Mon père ne bouge plus. Plus un souffle. Plus un frémissement. Plus un clignement de paupières. Finalement, ils s'éloignent, appelés par des blessés qui eux aussi meurent de soif.

Le soleil infuse maintenant la campagne d'une lumière de sang. Mon père en boirait presque, tant la soif l'étrangle. Il distingue soudain dans la brume plusieurs silhouettes. Des jeunes filles de la Croix-Rouge et deux infirmières. Alors il crie de toutes ses forces, toutes celles qui lui restent. Les filles accourent, et l'espoir renaît. Elles emportent René, puis saisissent mon père par les bras et les jambes pour l'emporter à son tour. Mais des coups de fusil claquent. Ils ne veulent pas que les infirmières les ramassent. Mon père les prie de le laisser, mais les infirmières aussi donneraient leur vie.

Et puis plus rien. Mon père s'était évanoui. On les transporta dans un collège aménagé pour les blessés. Ils y passèrent une nuit, puis René fut transféré au grand hôpital militaire.

Quand mon père regagna la tranchée, la désolation creusait le paysage. La terre, retournée par les obus, mouchetée de grenades, était grise de poudre et jonchée de hachis rouge. Des lambeaux de chair. Des corps mutilés. L'effroi. Le cimetière s'éparpillait. Des Poilus glissaient les papiers militaires de chaque défunt dans une bouteille qu'ils plantaient à l'envers dans la glaise, en guise de croix. C'était parfois un fusil brisé, planté la crosse en l'air, qui indiquait une tombe. Mais il n'y en avait pas assez, et les cadavres se tordaient à découvert, l'Allemand et le Français pourrissant l'un dans l'autre. Pire que du purin. Les Poilus recouvraient les corps ennemis de terre et les calaient dans les parois de la tranchée afin de les consolider. Mais à cause de la pluie, la terre s'éboulait, laissant apparaître des mains et des pieds noircis où les joyeux lurons, inconscients, accrochaient leurs affaires comme à un portemanteau.

Le peuple ignorait la vérité trop brutale. Il croyait en la bonté millénaire de Jésus-Christ et en sa parole salvatrice : « Aimez-vous les uns les autres ! » Ce n'était pas ce dicton-là qui prévalait au Front, mais celui des chevaliers que répétait souvent René : « Parce qu'il est le seul à pouvoir regarder la mort dans les yeux, seul le soldat est un homme libre. » Mon père avait regardé la mort dans les yeux, et depuis ce jour-là il avait peur de vivre.

C'est une banalité de le dire, mais on s'aperçoit souvent de l'essentiel une fois qu'il nous échappe, malheureusement. On referme rapidement la main mais c'est trop tard : le sable nous a glissé entre les doigts, parmi les fissures de la négligence, et dans les sillons de la paume s'accrochent, esseulés, quelques grains du regret.

Avant la guerre, il arrivait que je dorme avec mon père. C'était une petite fantaisie qu'on s'octroyait, un cadeau que l'on se faisait lorsque la récolte avait été particulièrement fructueuse. Ces jours-là, il rentrait le torse bombé comme celui d'un boucher, avec un grand morceau de bœuf dans les bras, et ses grands yeux malicieux riaient. Il rôtissait la viande au charbon de bois et au dessert on entamait un pot de confiture de mûres, celles que j'avais cueillies sur le petit sentier aux escargots. Il confectionnait des casques de Vikings en papier, avec deux plumes d'oiseau en guise de cornes. Nous les portions avec fierté toute la soirée. On mangeait avec les doigts, grassement, et c'était à celui qui se barbouillerait le plus. On se régalait comme des rois couronnant chacun le cœur de l'autre.

Puis, repus, nous restions tous les deux très tard autour de la table, ma mère se couchant plus tôt. À la lumière d'une bougie scintillant comme le phare d'Alexandrie, nous imaginions des périples dans des mers saphir ou émeraude. Nous hissions sur le pont-levis l'étendard de lin blanc, le délicat drapeau des confidences. Et mon père me dorlotait infiniment, parmi les translucides coraux de lune qui brillaient au fond de nos yeux.

On discutait au lit, dans le noir.

— Papa !

— Bonhomme ?

— C'est quoi, le bonheur ?

— Je suis pas sûr, bonhomme. C'est une question difficile... Je crois que c'est d'être comme on est tous les deux en ce moment.

— Oui, c'est ce que je me disais aussi.

— Alors maintenant tu peux faire de beaux rêves.

— Oui ! Bonne nuit, papa.

— Bonne nuit, bonhomme.

— Oublie pas de prier pour maman !

— T'inquiète pas.

Ces nuits-là, je rêvais aux pélicans et à leurs copains, les poissons violets qui voyageaient dans leur bec. Ils survolaient une petite rivière dont la surface paraissait ocre grâce aux algues d'or qui en tapissaient le fond. Elle cliquetait comme les grelots que l'on attache au cou des ânes. Et sur-

70

tout, une petite coquille de noix argentée flottait dessus. C'était notre nacelle, à moi et à mon père, et nous faisions tout contents de larges signes pour attirer l'attention du plus grand des pélicans, un superbe oiseau d'un blanc pur, en espérant qu'il descende à notre hauteur et nous prenne sur ses ailes. C'était bien ce qui finissait par arriver dans mon rêve. Nous commencions alors un voyage qui ne s'achevait jamais.

Une nuit je fermai les yeux et dis à mon père :

— Papa, il y a une autre question difficile que j'aimerais te poser.

— Je t'écoute.

— C'est quoi, la mort ?

— Tu réfléchis beaucoup, à ce que je vois.

— Oui, c'est vrai. C'est toi qui m'incites à le faire.

Mon père, décontenancé, demeura silencieux pendant un long moment, puis murmura :

— Tu aimes regarder les pélicans voler, n'est-ce pas ?

— Oh oui, ils sont tellement beaux... et libres aussi ! On dirait qu'ils peuvent aller où ils veulent. J'aimerais bien être comme eux.

Il se redressa et toussa un petit coup :

— Eh bien, tu vois, la mort, c'est un peu pareil. On disparaît en tant qu'homme, mais tous nos petits morceaux qui nous composent, eh bien, ils vont ailleurs. Il y en a qui vont dans les arbres, d'autres dans les fleurs. Tu aimes beaucoup les fleurs, je crois, le lilas mauve et les soucis orange, les magnolias blancs et les œillets d'Inde. Il y en a aussi qui vont dans les étoiles. Et il y en a qui vont parmi les pélicans et ils découvriront, dans leur fabuleux voyage, plein de paysages que nous, on n'aura pas pu voir. C'est merveilleux, non ?

Je m'interrogeai sur le sens précis de ses paroles.

— C'est vrai ? demandai-je, empli d'espoir.

Il prit de nouveau un certain temps avant de me répondre. Et pendant ces quelques instants, il y eut dans le jardin de ma tête d'immenses fleurs multicolores auréolées de perles d'eau dont s'abreuvait le pélican de mon père.

— Bien sûr que c'est vrai, bonhomme, je ne t'ai jamais menti !

— Je le savais, papa.

Le pélican de mon père était parti vers le large, là où l'océan de sang se déchaînait. Prisonnier dans la cage de son absence, je cauchemardais la nuit. Cet homme aux cheveux blonds que fréquentait ma mère investissait mon subconscient et perturbait mon sommeil. Une fois la lumière éteinte, la même image clignotait devant mes yeux, lui et ma mère s'étreignant tendrement dans la chambre conjugale. Et même si cela paraissait insensé, je redoutais désormais le moment d'aller me coucher.

Dans la chaleur de la chambre, Flora oriente sur elle le grand miroir de l'armoire, s'agenouille sur le lit et cambre les reins. La lumière glisse sensuellement sur sa peau et dessine sur la glace son exquise silhouette. Soufflées par le désir, les bretelles de son caraco translucide descendent jus-

qu'aux coudes, dévoilant dans le miroir frémissant sa nudité de porcelaine. Une main masculine se hisse jusqu'aux seins, puis s'abandonne voluptueusement sur le sous-vêtement de soie, irrésistiblement attirée vers la toison d'or...

La lettre datée du 22 octobre fêtait l'anniversaire de ma mère. Déjà les arbres s'amaigrissaient, leurs feuilles tourbillonnaient et les corbeaux rasaient la terre. Ma mère avait vingt-sept ans, l'âge où il faut vivre pleinement, où le soleil vous éclabousse le visage de sa fontaine de jouvence. La vie est une rose fragile comme un espoir. Ma mère me répétait souvent : « La vie, c'est un peu comme le jeu de l'oie : on ne sait jamais sur quelle case on va tomber, bonne ou mauvaise, sauf qu'à la fin, la partie s'achève toujours par la mort. Alors il faut jouer et jouer encore, vivre le plus fort que faire se peut, vivre à l'ivresse. Vis, mon fils, selon tes goûts, tes envies, tes désirs, sans stratégie, sans calcul, sans te soucier un seul instant des dés du destin ! »

Alors, quand l'été battait son plein, je partais avec mes copains à la conquête des terres en friche qui se déroulaient sous nos courses effrénées comme les vastes espaces américains. Nous formions une caravelle de Christophe Colomb en herbe et nous glissions sur la prairie où les sirènes, bien sûr, n'existaient pas. On montait parfois à l'abordage de quelques pêchers plantés là, pillant avec avidité leurs boules rubis et bronze, sabordant leurs branches dérobées avant de nous hisser tout en haut du mât de leur tronc, là où le pirate perçoit à perte de vue toute la liberté qu'il prend avec plaisir à l'immense de l'azur.

D'autres jours, on chassait les papillons avec des filets de hasard, on chatouillait les sauterelles vertes et on attrapait, dans des bocaux de confiture vides, les gros bourdons velus et orange qui courtisent les pâquerettes – et c'était à celui qui en capturerait le plus. J'avais établi mon record personnel à vingt et un, au prix d'un pouce rougi par la piqûre d'une guêpe hargneuse et mal intentionnée. C'était le métier qui rentrait : je devenais l'apiculteur de moi-même en cultivant le miel de la joie. Le monde était ma ruche.

Entre deux parties de billes, quand j'avais dû céder à mes copains quelques précieuses agates, je marchais jusqu'au port, dont le quai n'existait pas encore, afin de méditer sur mon triste sort. Mes yeux ramassaient alors les milliers de billes d'argent qui scintillaient sur la mer. C'était une partie merveilleuse où je ne perdais jamais. Quand on a tout perdu, on se console des joyaux que la nature nous offre. La beauté du monde m'emplissait le cœur de félicité.

J'enviais cependant un peu les marins libres et solitaires, je me disais qu'ils voguaient à leur gré. Ils pouvaient suivre les pélicans, et peut-être l'un d'entre eux était-il allé jusqu'au bout du voyage, jusqu'au royaume secret de ces géants blancs dont je ne savais rien et voulais tout savoir. Mais j'étais beaucoup trop timide pour oser adresser la parole aux mousses. Et je restais dans le mystère qui nourrissait mon rêve.

La campagne était calme. En silence, elle offrait au ciel son cœur blessé. Pas un bruit ne parvenait à mon père, il végétait dans un néant sans nom. Une immensité fauve les séparait de la prétendue civilisation, mais quelle civilisation ! Les hommes s'y entretuaient et s'y massacraient, même les animaux ne font pas cela ! Le ciel déversait son sang dans le soleil, et mon père rêvassait devant cette hémorragie rouge que la colline, au loin, suturait d'un large trait violet. Peut-être rêvait-il d'y voir, juchée au sommet, hors de portée de l'horreur et de la barbarie, notre petite maison de pierre dont la douceur lumineuse s'insinuait en lui.

Mon père grelottait. Il faisait déjà froid. Pourtant le soleil se levait sur le jardin des vingt-sept ans de ma mère. Il y semait toute une flopée de fleurs, dont des dahlias poivre et sel, couleur des cheveux qui vieillissent avant l'âge. Le temps pressait. Il fallait que mon père revienne vite – avant que la terre ne devienne aussi grise qu'un tombeau.

Depuis son départ, ma mère et moi nous rendions très souvent à l'église. Peut-être à cause de mes cauchemars, j'avais l'impression qu'elle avait quelque chose à se faire pardonner – mais sans doute me trompais-je.

Elle tirait la massive porte de bois, ornée de losanges sculptés, et je poussais la seconde porte, capitonnée de cuir rouge, en évitant de faire du bruit : je ne voulais pas réveiller les deux bébés Jésus, l'un qui dormait dans sa crèche, l'autre dans les bras de la Sainte Vierge, si majestueuse sur son piédestal. Je pénétrais dans le lieu sacré à pas de velours, avançant tout doucement, comme si je marchais au ralenti, afin d'avoir le temps de regarder les vitraux et leurs grandioses mosaïques. Leurs couleurs se reflétaient dans les iris de ma mère, et cela donnait un kaléidoscope merveilleux.

En cette fin octobre, on se prosterna plusieurs fois devant l'autel affecté aux cierges, comme à chaque fois que nous avions un souhait à réaliser. On multipliait évidemment les prières à la maison, mais nous venions à l'église quand nous voulions être sûrs que Dieu nous écouterait longtemps, aussi longtemps que se consumerait la bougie que l'on avait allumée. Alors nous choisîmes les plus grandes, car nous demandions cette fois-ci quelque chose d'important : que mon père rentrât bientôt.

Je m'emparais du chandelier comme d'un trésor, le plantais dans une coupe remplie de sable et l'allumais avec tout l'espoir du monde. La flamme luisait dans le noir comme la lampe d'Aladin et moi, en secret, j'espérais qu'un gros génie tout bleu en sortît pour me demander de choisir trois vœux. Mon premier vœu aurait été que mon père revînt. Le second, que l'on regardât ensemble les pélicans. Et le troisième, qu'il ne repartît plus jamais. Si j'avais eu droit à un quatrième, j'aurais souhaité faire une petite balade sur le dos de mes oiseaux préférés, nous serions juste allés jusqu'à Jupiter ou un peu plus loin. Mais je me serais déjà bien contenté des trois premiers vœux.

Vous n'allez peut-être pas me croire, mais je ne vis jamais aucun génie apparaître. À chacune de nos visites, ma mère faisait tressaillir quelques pièces jaunes au fond du tronc, dans le silence lourd de la nef, puis elle s'agenouillait pendant de longues minutes, la tête baissée, devant la petite flamme fragile et esseulée. Moi je restais debout, pour être plus près du grand Dieu, pour qu'il m'entende un peu mieux car je me disais qu'il devait habiter très haut dans le ciel. Et je me demande encore aujourd'hui s'il me reçut bien cinq sur cinq.

Comparés à la guerre, les visqueux lombrics que je roulais dans des mottes de boue pour m'amuser sont une orfèvrerie de la création, comme tout ce qui vit, tout ce qui palpite et que l'on devrait adorer plus fort que le dieu des dieux. Et pourtant, malgré le dégoût qui engluait mes entrailles mêmes, je ne pus m'empêcher de ressentir une certaine fierté en lisant la lettre du 4 novembre 1914.

L'acte héroïque de mon père, qui s'était porté au secours de René lors de l'attaque suicide, lui avait valu le grade de caporal et un retour provisoire à la tranchée de deuxième ligne située trois kilomètres en arrière. Il n'avait évidemment rien demandé (il ne demandait jamais rien) mais le commandant aussi se préparait à être père une seconde fois et s'était sans doute ému de sa situation. Cet homme dégageait une grande humanité. Il ne portait, sous ses galons dorés, aucune ambition militaire, aucune gloire à gagner sur la mort des autres. Il avait au contraire cette petite lueur dans les yeux qui ressemble à une carte postale où sont figées les images de votre vie d'avant : le village paisible, le paysan qui fauche sereinement les blés mûrs, la femme qui lave son linge au bord de la rivière ou l'enfant qui s'étonne de voir un morceau de ciel au fond du puits – toute la petite patrie du bonheur.

Les nouveaux officiers, lieutenants et sergents, paraissaient au contraire incompétents. Jeunes arrivistes, ils cherchaient avant tout à gagner des galons et ne manifestaient aucune familiarité. Ce qui leur importait avant tout, c'était que leurs écussons brillent, et seul un acte de bravoure le permettait. Alors ils envoyaient les soldats se battre à la baïonnette, comme les cavaliers à la lance au XIXe siècle, et les machines de l'artillerie adverse les réduisaient en boucherie. Ils commandaient sans réfléchir et sans se rendre compte de la difficulté des corvées. Ce n'était plus de la discipline militaire, mais du bagne ou de l'esclavage. Et à la moindre défaillance, à la moindre faute, on enfermait les Poilus. Au mieux, huit jours de prison, sans viande ni vin. Parfois plus. Un matin, derrière le mur d'une ferme, mon père vit, sac au dos, un réserviste de première ligne mort fusillé. Il avait volé un poulet.

Bien sûr qu'ils volaient de la nourriture ! Manger à sa faim et tranquillement était un luxe de roi ou de député que les Poilus enviaient férocement. Eux petit-déjeunaient en silence, puis leur estomac entamait de longues trêves que la canonnade ne connaissait que trop rarement. Les artilleurs s'installaient à leur poste à la manière des bourgeois qui s'attablent, mais c'était de la ferraille qu'il y avait au menu et les pauvres gardaient dans la bouche ce goût de fer, comme s'ils avaient bu de la rouille. La nourriture faisait défaut, à la fois en quantité et en qualité, surtout en première ligne où seul le pain n'était pas trop mauvais. De plus, les soldats s'alimentaient trop vite, avec en main le fusil à la place de la fourchette.

La situation s'améliorait en deuxième ligne avec des rations plus copieuses et plus fréquentes : une soupe aux haricots et à la couenne de lard plusieurs fois par semaine ou encore un bouillon de riz à la saveur salée de suif. Les hommes pouvaient de temps en temps se régaler d'un plat de flageolets, et leurs papilles salivaient quand on leur annonçait la viande de bœuf dont ils rêvaient si souvent.

Il y avait dans l'escouade de mon père un Alsacien qui avait déserté puis rallié l'armée française au début de la guerre. Il était né à Lipsheim, un tout petit village situé à quelques kilomètres de Strasbourg. Il prenait toujours tout avec une très grande distance et citait des adages intraduisibles, empreints de la sagesse populaire alsacienne : *Die Uhre laufe schon richtig* (les aiguilles de l'horloge vont dans le bon sens), histoire de se rassurer quand les choses n'allaient pas bien, ou encore : *es werd nee so heiss g'esse wie's gekocht* (on mange toujours moins chaud qu'on n'a cuit), quand les camarades se plaignaient de la nourriture.

Heureusement, les couverts brillaient. Mon père mangeait à même le couvercle de sa casserole de fer, avec sa cuiller qu'il essuyait sur son papier à lettres. C'était ce qu'il appelait un « déjeuner littéraire ». Les Poilus buvaient de la bière et se gavaient de café pour tenir le coup. Chacun se servait avec sa tasse souillée dans une grande gamelle de cuisine. La crasse ne dérangeait plus personne. Elle était devenue leur amie la plus fidèle. Elle ne les quittait jamais. La glaise collait et ils se brossaient avec des étrilles. Ils rinçaient, buvaient et se lavaient dans l'eau peu salubre des tranchées. Ils utilisaient un long tronc de bouleau en guise de latrines, et l'alignement frôlait la perfection. Ils vivaient avec ça, au quotidien. L'intérieur du bonnet de mon père ressemblait au fond d'une caisse à charbon et son uniforme semait plus de poussière qu'un balai de ramoneur.

Ces conditions étaient inhumaines. L'humidité automnale gagnait les articulations des genoux qui ne bougeaient pas durant des heures, vissés dans les vicieuses positions des aguets. Mon père claudiquait un peu, le froid et l'eau lui limant la rotule droite qu'il s'était abîmée en tombant sur une pierre. Sa démarche gênée fut pendant quelques jours celle d'un homme d'une soixantaine d'années, et il espérait que, si la guerre vieillissait les corps, elle assagirait les cœurs.

L'eau ruisselait le long des parois des tranchées, poreuses comme des éponges. Les dessins des Poilus, en particulier cette magnifique fresque de la bataille de la Marne, bavaient et se diluaient dans une eau brunâtre. Après les pluies torrentielles des dernières nuits, la plupart des bombes s'enlisaient dans la vase et n'éclataient pas. Mon père songeait déjà aux pauvres malheureux qui ensemenceraient la terre après la guerre. Mais pourrait-elle à nouveau produire des fruits et la corne d'abondance de la vie ?

Dans sa lettre, il remerciait ma mère du fond du cœur pour le tricot de laine qu'elle lui avait confectionné. Il en avait vraiment besoin et plaisantait en lui disant qu'il lui tiendrait chaud aux fesses. Mon père se serait bien assis sur ce chandail, car au mieux il trouvait une caisse et, la plupart du temps, il s'asseyait par terre ou sur de la paille. Imaginez les nuits qu'il devait passer ! Il dormait toujours habillé, les pieds dans un sac, avec sur lui son grand manteau bleu et une couverture de laine dans laquelle il s'emmitouflait. Une fois par semaine, il s'autorisait un caprice de luxe : il dormait sans ses bottes et changeait de chaussettes. De toute façon, il dormait très peu, juste quelques heures, rarement consécutives.

Tous ses camarades éprouvaient les mêmes peines. Ils restaient parfois six heures de suite debout au créneau avant d'être relevés, aussi le sommeil appuyait-il sur leurs paupières comme une presse d'acier. Ils manquaient d'hommes, ce qui n'empêchait pas la promiscuité. Imaginez-vous dans un tunnel de terre une centaine de soldats, dont certains rivalisaient d'agressivité et de saleté avec les rats. Ils survivaient dans un cachot infâme, un miasme immonde, un trou béant parcouru de galeries. C'était un labyrinthe fétide profond de cinq ou six mètres où circulait le redoutable minotaure de la maladie.

L'attaque suicide de l'autre jour avait déjà décimé plus d'un tiers de leur bataillon et les pertes s'accumulaient heure après heure. Les officiers appelaient des hommes des dépôts en renfort, mais davantage encore avaient été évacués ou portés disparus. On déshabillait Pierre pour habiller Paul, alors Pierre tremblait de froid. C'était de l'inconscience, mais c'était comme ça.

Mon père écrivit sa lettre du 4 novembre à la tombée de la nuit. Un croissant de lune tentait désespérément de s'accrocher à l'horizon qui fuyait au loin. À sa droite, le dos colossal d'un camarade qui priait en silence lui cachait l'extrémité de la tranchée. À côté de lui, Christophe aiguisait son grand couteau de charcutier. Il s'en servait pour finir les blessés.

Le soleil perforait de rouge intermittent l'ombre qui s'abattait sur la colline. Mon père avait peur que ses visions le reprennent. Elles hantaient son esprit depuis peu dès que le soir approchait. Il aurait aimé qu'elles cessent au plus vite car elles lui devenaient insupportables. Il voyait toujours la même chose. Il gardait les yeux grands ouverts mais rien n'y faisait. Son esprit se figeait sur ce ciel crépusculaire, traversé de nuages gris et noirs. Un ciel de cinéma muet. La plaine en friche, balayée par un vent fin comme une pluie, hurlait de silence dans le froid de l'automne.

Mon père est là, seul, isolé, parmi un champ immense où tournoient des orfraies affamées qui lancent des cris perçants. Une grande ombre s'élargit lentement sur le ciel, engloutissant le soleil dont les rayons rouges se liquéfient et dégoulinent sur son visage pétrifié. Le noir total prend possession du monde. Alors il entend une musique monter, de plus en plus fort : les instruments s'ajoutent, les cordes, les cuivres, les percussions vont crescendo. Wagner.

La terre hurle du Wagner, et dans le ciel commence une lutte de silhouettes blanches ou mauves, des fantômes armés de baïonnettes et de canons. La symphonie et la lutte s'intensifient de concert, la puissance de feu n'accorde aucun bémol à la destruction ni à la tuerie, à chaque blessé, à chaque mort le sang du soleil coule sur mon père, le rythme de la bataille s'accélère, l'artillerie lourde joue en soliste tant les percussions assourdissent les cris et les jérémiades, mon père se prend les oreilles entre les mains mais le brouhaha lui brise les tympans, orchestré par la massue de la folie, alors le silence s'abat, les ombres se figent, les vautours se taisent, mais la marée rouge coule de plus belle, avec son envie féroce de tout inonder, elle se déverse à flots comme un fleuve effrayant, mon père lui fait face, les bras ouverts, les jambes serrées, le visage ébahi, et il ne voit soudain plus rien, il ne sait plus où il est, les eaux le submergent et il disparaît.

Mon père nous décrivait souvent cette terrible vision dans ses lettres. Je cherchais à l'interpréter, mais en vain. Je finissais par vouloir le serrer très fort dans mes bras, afin que jamais il n'oubliât que je l'aimais.

Novembre 1914 fut un mois dont je garde encore aujourd'hui un souvenir amer. Pourtant il y avait le parfum des pommes qui, depuis la cave, distillaient dans toute la maison une nostalgie douce et sucrée. Mais elle ne suffisait pas, elle n'édulcorait pas l'acide absence.

C'est à ce moment de ma vie que je me mis à créer. Ce n'est pas l'écriture qui me happa car elle me paraissait trop scolaire et trop austère, mais le dessin. Je n'avais sans doute aucun talent, mais à force de patience et de minutie, j'arrivais à mes fins. Je reproduisais le visage de ma mère à partir d'une photo, j'esquissais des pélicans, un jour même j'essayai d'imaginer le futur visage du bébé que j'espérais être une petite sœur – mais je n'y parvins pas : j'avais toujours besoin d'un modèle, j'avais du mal à créer à partir de mon imagination seule.

Une simple feuille de papier et un crayon suffisaient à mon bonheur du jeudi après-midi : je m'immisçais des heures durant dans l'art du pauvre où je possédais le pouvoir de faire briller le soleil. Je recommençais la même esquisse plusieurs fois, n'atteignant jamais ma perfection. Je ne faisais que refaire, sans cesse et encore, jusqu'à l'agacement de ma mère qui finissait par me dire : « Allez, ça suffit ! Va jouer dehors maintenant ! » Alors j'allais traîner ma peine sur les sentiers battus, seul, car je ne jouais plus avec mes anciens copains : je sentais trop de haine entre les clans, et mon ami Gilles ne quittait plus son père d'une semelle, de peur qu'il fût tôt ou tard mobilisé. C'était de bonne guerre...

C'est alors ma mère qui se mobilisa pour me divertir. Elle m'emmenait au petit parc de la place centrale, où les grands hêtres et les grands bouleaux portaient un chapeau de feuilles vives qu'ils agitaient légèrement sous le ciel bleu glacé. Il fallait avoir l'air distingué pour saluer ces géants de bois et le chêne centenaire, aussi ma mère passait-elle de longues minutes à se préparer à la maison, vérifiant à plusieurs reprises son reflet dans le miroir : elle ajustait sa coiffe, replaçait le col de son tailleur, époussetait un pli du plat de la main, galbait le tissu autour de la poitrine. Elle enfilait ses gants, marque de l'élégance, et prenait un ou deux livres pour se donner une contenance.

Nous marchions main dans la main jusqu'au parc. Des voitures d'enfant, rondes comme le ventre de ma mère, roulaient dans les allées sous le regard attentif des autres mamans qui parcouraient une revue ou tricotaient. On s'asseyait toujours sur le banc qui bordait un virage jonché de feuilles car madame Linck y venait aussi et nous tenait parfois compagnie. C'était notre voisine, âgée d'une cinquantaine d'années, mais elle et ma mère ne se côtoyaient qu'en dehors de leur maison : l'habitude les avait conduites à se comporter ainsi.

Les après-midi où madame Linck ne venait pas, ma mère ne levait pas les yeux de son livre, la Bible, le seul roman qu'elle ait jamais lu intégralement. Je crois qu'elle la lisait un peu par désespoir et beaucoup par tradition – dont le poids est important dans les familles catholiques italiennes. Ma mère n'était pas tout à fait persuadée que la Bible recelait la parole juste, qu'elle indiquait la voie et guérissait les blessures de l'âme. Moi-même j'en doutais déjà. Ce qui éveillait ma suspicion, c'était l'âge de mort des premiers hommes : 930 ans pour Adam et 969 pour Mathusalem. Si ma mère consultait très régulièrement le Livre, mon très littéraire père la poussant à parcourir le texte fondateur de notre culture, c'était encore Verlaine qui avait sa préférence :

> *Les sanglots longs*
> *Des violons*
>   *De l'automne*
> *Blessent mon cœur*
> *D'une langueur*
>   *Monotone...*

Un jour, un chêne largua un énorme gland qui se fendit légèrement en frappant le sol. Ma mère observa quelques secondes le fruit verdâtre un peu violacé, puis le ramassa avec précaution entre le pouce et l'index. Le noyau brun jetait son éclat poli sous la coque ouverte et la fascinait étrangement, alors elle entreprit de le décalotter en entier. Les doigts se crispèrent sur la chair humide, travaillèrent fébrilement la cupule puis sortirent le noyau lisse qu'elle enveloppa de sa main. Elle le pétrit doucement, la chair du fruit gâté lui collant à la peau. Elle le garda un peu, desserra ses doigts englués puis jeta le gland caressé de l'autre côté de l'allée.

Un peu plus loin, un poupon rose et potelé se mit à pleurer pour que sa maman le câlinât. Ma mère s'attendrit devant la scène. Je désirais tellement avoir une petite sœur que je voulus lui en parler :

— Maman, comment on l'appellera si c'est une fille ?

— Je ne sais pas encore, mon ange. Il faudra qu'on réfléchisse bien, parce qu'un prénom, on le garde toute sa vie.

— Moi je me suis dit qu'on pourrait l'appeler *Violette*, ajoutai-je, parce qu'il faudra qu'on s'occupe d'elle comme d'une petite fleur.

Ma mère sourit. Je voulais continuer notre conversation, parler de la joie future pour la forcer à venir, mais à ce moment-là arriva l'homme aux cheveux blonds. Comme il s'approchait de nous, je filai vers le vieux cheval de bois planté au milieu du parc et montai dessus pour fuir le présent – et galoper vers l'avenir.

Quelques jours plus tard, une nouvelle terrible nous dévasta : René prisonnier des Allemands.

Mon père ne savait pas quoi nous dire dans sa lettre. Comme nous, il se morfondait dans le chagrin, l'impuissance et la révolte. Le visage de René ne s'effaçait pas de notre mémoire. Mon père disait qu'il nous fallait être courageux et affronter la réalité avec dignité. C'était facile à dire, facile à écrire, mais c'était la seule chose qui nous restait. Sans doute reviendrait-il. Les Poilus le libéreraient. Ils les libéreraient tous. La justice et le droit triompheraient de la barbarie et René s'accrocherait jusqu'au bout, comme il l'avait toujours fait. Il ressemblait aux gros scarabées mordorés avec lesquels j'aimais tant jouer : il possédait une épaisse cuirasse qui le protégeait et l'obstination de l'insecte qui n'en finit pas de rouler sa boule de Sisyphe.

René ne pouvait pas perdre, nous le savions. Il avait laissé un carnet à une infirmière qui l'avait transmis à mon père. Lui-même nous l'envoya avec toute la force et la rage qui bouillonnaient dans ses veines. C'est, ce soir, les larmes aux yeux que je le recopie ici :

À vous tous que j'aime tant,

Si ces lignes vous parviennent entre les mains, c'est que les choses auront mal tourné pour moi.

Dans la nuit d'avant-hier, les canons n'ont pas cessé de gronder. Je me réveille en sueur. Les bombes éclatent tout près de l'hôpital. Branle-bas de combat. Les soignants transportent aussitôt les amputés au sous-sol. On doit attendre notre tour ou se débrouiller tout seuls. Les obus s'acharnent. Des 88 qui rasent le sol. Ça roule, ça crépite de partout. Et tout à coup, un grand fracas, comme un souffle qui nous culbute tous.

Dans la fumée, des blessés se sauvent. Certains claudiquent, d'autres rampent, ils crient comme des porcs qu'on égorge. Moi je ne bouge pas. Je me recroqueville par terre, la tête dans les genoux. Mon corps réagit. Je tremble. Mes mains s'agitent en désordre. Je brûle. J'ai froid. Je serre les dents si fort que j'en ai mal aux mâchoires. Je ferme les yeux. Je compte les coups. Peu à peu, ma tête se vide. Je me calme. Mon cœur se ralentit. Mes jambes ramollissent. Je crois que j'ai peur. Je regarde autour de moi : un prêtre baigne dans une flaque rouge. On dirait qu'il sanglote. Son dos s'agite convulsivement. J'y regarde de plus près. Il pleure son sang.

Et les obus se précipitent. Au début, dans les tranchées, les explosions me déchiraient la poi-

trine, à chaque coup mon cœur se décrochait. Là, j'entends à peine. C'est trop près. Trop fort. Mes membres se rétractent. Ma tête bourdonne et s'enfonce dans mon corps. Je me voudrais plus petit. J'ai peur. Atrocement peur. Entre chaque salve, dix secondes s'écoulent. Dix secondes à vivre. Dix secondes immenses où tient tout l'avenir.

Les obus nous giflent d'éclats de pierre. Le prêtre ne remue plus, enseveli sous un panache de fumée où craquent des éclairs. Sous sa soutane, il portait des molletières bleues. C'était un brancardier de chez nous.

Un pan de mur avec son papier fleuri se dresse encore, comme un affront illusoire. À quelques mètres de moi, la sœur supérieure suffoque, atteinte en pleine poitrine. Les coups me cognent sur la nuque. Les torpilles hachent deux autres infirmières. Maintenant, c'est chacun pour soi !

Les soignants et les moins blessés se réfugient à la cave quand une brave sœur me découvre, l'œil rougi, la face livide comme du chlore. Elle s'affaire, essaie de me soulever, mais abandonne vite. Elle se hâte vers la cave pour chercher du renfort mais les bombardements redoublent, vomissant des flammes bariolées de bleu et de rouge. Ce serait presque beau. La sœur accourt avec un infirmier. J'ai donc mérité de vivre. Ils me saisissent par le bras et m'installent sur une chaise qu'ils portent avec peine. Ils enjambent les corps, les décombres, toutes sortes de débris. Mais la sœur veut retourner dans les salles chercher un blessé cloué à son lit. Si elle y va, c'est la mort certaine. « C'est un Boche », s'écrie un estropié. « C'est un homme », rétorque la sœur dont le regard humide englobe toute l'Humanité. Avec l'infirmier, ils sortent sous les salves rageuses et redescendent quelques instants plus tard avec le blessé évanoui. À ce moment-là, j'ai regardé la sœur dans les yeux. Je n'avais jamais vu le visage de Dieu.

Quelques secondes plus tard, tout s'écroule au-dessus de nous. Je souffre affreusement du bassin et la fumée de la poudre nous asphyxie. Soudain, des étincelles se jettent par les soupiraux et enflamment la paille entassée dans le caveau. Au-dessus de nous l'hôpital brûle déjà et tout le sous-sol s'embrase. Les enfants, les vieillards et les moins blessés s'enfuient comme ils peuvent, mais moi je reste là avec plusieurs de mes camarades, tous incapables de bouger. Le feu se rapproche et je me traîne comme une larve jusqu'aux escaliers. Je crache du sang à pleine bouche, je me vide. Enfin surgissent des décombres des soldats et plusieurs hommes dont un me sauvera la vie.

L'homme m'a transporté dans un ancien hôpital dont se sert la Croix-Rouge. J'ai appris que l'hôpital avait été complètement ravagé. La garnison n'a pas pu résister et le commandant a fait hisser le drapeau blanc. Mais j'ai bien dormi. Les docteurs nous ont fait nos pansements. L'infirmière m'a longtemps tenu la main. Elle s'appelait Justine. J'avais l'impression que c'était toi, maman. Quand elle souriait, des fossettes creusaient ses joues roses et des petits traits soulignaient ses jolis yeux. Sa voix était douce comme la tienne et maintenant je me sens bien. Demain, les Allemands nous emmèneront prisonniers dans leur pays. Je verrai une gare, mais ce ne sera pas un vrai chemin de fer avec des wagons et des femmes en chapeau sur le quai.

Ne soyez pas tristes ! Je veux que vous gardiez de moi l'image d'un jeune homme valeureux et téméraire, comme au début. Je me souviens parfaitement bien de mon départ il y a trois mois à peine, presque jour pour jour. Mon copain Édouard tambourinait sur la place du village et le maire lui-même placardait les affiches aux drapeaux croisés. C'était une véritable fête où le parfum des fruits mûrs nous chatouillait les narines, et on se disait que ce serait du gâteau. On chargeait dans les trains des canons enguirlandés de branchages et de lauriers qui filtraient l'or vert du soleil. Oui, on était sûrs de revenir pour les vendanges.

Aujourd'hui, les gerçures de la terre sont profondes comme des blessures. Je regarde par la vitre et le ciel lui-même semble mort. On dirait une flaque de plomb fondu, figée par la glace. On dirait qu'un grand linceul de toile grise recouvre le ciel de novembre.

À bientôt,
René.

La messe du dimanche matin était un moment très attendu car elle permettait une rupture dans la linéaire monotonie des jours. En même temps, on l'appréhendait un peu, inquiets d'apprendre de mauvaises nouvelles et de s'exposer à la parole des autres qui, parfois, vous blessaient volontairement. Quand le malheur saccage le petit jardin de votre famille, vous en voulez à la Terre entière et vous exorcisez le mal par le mal. Or le dimanche matin qui suivit l'annonce de la capture de René se grava dans ma mémoire comme une cicatrice.

Je revois très bien la scène à l'église. Sur son aube blanche, le prêtre portait une chasuble rouge, symbole du feu et du sang répandu. Pendant toute la messe percèrent du fond de la nef quelques sanglots étouffés. Certains soldats avaient de la chance de rentrer quelques jours en permission, mais loin de réjouir toute la communauté, le gagnant à cette roulette russe suscitait la jalousie, voire le mépris des autres familles. Alors le prêtre parla de « la grandeur mystique de l'attente que troublait l'apparition du mari permissionnaire » :

— Pensez à la douleur de revoir partir vos maris ! déclara-t-il d'un ton solennel à peine compatissant. De redouter une seconde fois l'heure de la séparation, d'entendre une seconde fois le train sur les rails ! Si vos maris reviennent pour quelques jours, ils traverseront le temple de Dieu comme de fugaces éclairs, des fantômes ou des mirages de joie. Mais s'ils ne reviennent pas, alors pour les siècles des siècles ils seront établis sur l'autel de Son cœur, et leur bonheur jamais ne finira ! Alors vous pourrez vous réjouir car ils seront avec Dieu qui les consolera et les guérira de toutes leurs blessures ! Merci, ô notre Père, de Ta miséricorde ! Chantons ensemble maintenant, *Pitié, mon Dieu...*

Un frémissement de pages tournées froissa l'immense nef froide, ce fut semblable à une fièvre envahissant les fidèles. Moi-même je frissonnai en entendant les premières notes de l'orgue, qui montaient, plaintives, vers le plafond noir du bâtiment. Grand-mère entama le cantique d'une voix cassée :

> *Pitié, mon Dieu ! C'est pour notre patrie*
> *Que nous prions au pied de cet autel.*
> *Les bras liés et la face meurtrie,*
> *Elle a porté ses regards vers le ciel.*
> *Dieu de clémence,*
> *Ô Dieu vainqueur !*
> *Sauvez Rome et la France,*
> *Au nom du Sacré-Cœur !*

J'étais debout entre ma mère et grand-mère. Chaque syllabe s'écorchait sur une boule qui lui obstruait la gorge. Elle se tenait courbée, repliée sur elle-même, comme si plus rien ne la protégeait. Le livre de chants ouvert dans la main gauche, elle serrait de l'autre main le carnet de René contre son cœur. Ma mère chantait aussi, ou plutôt fredonnait sans trop y croire, le menton contrit, les poings fermés dans ses gants noirs. Le gigantesque Christ, crucifié là-haut entre deux vitraux, s'incrustait dans ses yeux. Grand-père, du côté des hommes, forçait sa voix et son obstination, mais le chant envahissait l'église comme une grande ombre triste.

Moi je n'arrêtais pas de parler à Dieu en secret, de lui proposer des marchés que j'aurais à coup sûr respectés : « Si vous faites revenir mon père avant la fin du mois, alors je n'attraperai plus jamais de guêpes en été », ou encore : « Si vous faites en sorte que mon père voie un pélican, je ferai toujours le Bien autour de moi. »

C'est alors que j'aperçus une petite flamme qui dansait sur le chandelier posé sur l'autel. C'était un pinceau d'or avec au milieu une touche de bleu, un petit bout d'espoir qui scintillait dans l'obscurité. Je sentis que Dieu pouvait être dans ce minuscule morceau d'azur, et soudainement un élan monta en moi, comme si j'avais pu agir, faire que le sort s'améliore. Alors je levai en même temps les deux bras comme un pélican déploie ses ailes, et je posai mes doigts de plumes sur la main de ma mère et celle de grand-mère. Celle-ci lâcha son livre, dont la chute sur le sol fut étouffée par les voix à l'unisson. Les deux grandes personnes me serrèrent très fort la main et nous formâmes, sur le souffle du chant collectif, un triangle de pélicans planant ensemble vers le ciel de la petite flamme.

Après le cantique, le prêtre cita l'Évangile selon saint Matthieu : « Aimez vos ennemis et priez pour ceux qui vous persécutent, afin de vous montrer fils de votre Père qui est aux cieux, parce qu'Il fait lever Son soleil sur les mauvais et les bons, et pleuvoir sur les justes et les injustes. »

Il pleuvait en effet dans le cœur de chacun des fidèles qui communiaient. Les cloches trouèrent les nuages gris de leurs notes pointues et une longue procession aux allures funèbres sortit par la porte étroite située dans le flanc de l'église. Les femmes vêtues de noir et les hommes coiffés marchèrent tête baissée, comme accablés par un fardeau tragique. Certains se recueillirent sur une tombe ou jetèrent un bouquet de chrysanthèmes fanés, d'autres formèrent des groupes dans l'allée de gravier. Des messieurs un peu maniérés saluèrent, chapeau à la main, les dames avec des grâces mondaines. La messe était bien sûr l'occasion de rencontrer d'autres femmes de mobilisés, certaines déjà veuves, d'autres ayant revu leur mari permissionnaire. Ces dernières remerciaient le bon Dieu et se voueraient à Lui corps et âme pour le restant de leurs jours. Les veuves, elles, pleuraient. L'une d'entre elles, tout à coup, blasphéma :

— Aimez vos ennemis ! Mais il se moque de nous, ou quoi ! Ah, si je voyais Dieu, je lui cracherais au visage le sang de mon époux défunt. Mais il n'apparaît pas, non, jamais ! Il se cache, se tait, ne fait rien, regarde comme un vampire les pauvres humains dont il suce l'espoir après avoir crucifié *son propre fils* ! Mais quel père ou quel diable est capable de cette horreur-là ?

La pauvre femme s'effondra. « Notre Père, qui êtes aux cieux, descendez donc voir un peu mieux... » gémit-elle encore à genoux sur les graviers alors que nous nous hâtions vers la grille, les vêtements chahutés par le vent :

— C'est triste, lança tout à coup une voisine qui avait sans doute guetté à la grille le moment le plus inopportun. Moi aussi j'ai un neveu qui est parti pour le Front. On s'inquiète aussi dans la famille, vous savez !

Grand-père mit un point final à la conversation d'un clignement de paupières et d'un frissonnement de moustache. La vieille dame, l'air satisfait, nous regarda avec insistance franchir le seuil de la grille. Pourquoi faut-il que certaines personnes aggravent le malheur des autres ?

Nous déjeunâmes et passâmes l'après-midi chez mes grands-parents. Dehors, c'était le déluge, la pluie se déversait à flots, on eût dit des barbelés d'eau. Moi je cherchais l'accalmie dans ma petite boîte à souvenirs et un très beau livre que je tenais de mon père.

Un jour, avant la guerre, nous avions visité un zoo. J'aimais tant les flamants roses, les perroquets et les tigres que j'aurais voulu avoir ces animaux rien que pour moi. Alors mon père me promit de réaliser mon vœu – il tenait toujours ses promesses. Une semaine plus tard, il m'offrit un magnifique ouvrage de gravures animalières. Je m'émerveillais devant chacune d'elles car chaque animal possédait un don que j'enviais sauvagement : la trompe de l'éléphant lui sert de main, douche et trompette ; l'ours n'a pas froid dans son manteau de fourrure ; le caméléon ne perd jamais quand il joue à cache-pierrot et l'huître produit des perles irisées qui sertissent la vie d'arcs-en-ciel. Même les abeilles dansent au soleil pour signaler à leurs camarades le chemin des fleurs et de la ruche. J'aurais aimé pouvoir faire toutes ces choses-là en même temps et bien d'autres encore. Alors mon père m'expliqua, en me donnant le livre dans un paquet rose fermé d'un ruban doré, que chaque animal savait faire des choses qui m'étaient impossibles, et que moi aussi je savais faire des choses qui leur étaient impossibles à eux : « Chacun a ses secrets et ses forces : c'est ça, la merveille de la vie ! »

Je me remémorais ces paroles dans ce dimanche de solitude. Assis sur une chaise dans un coin du salon, je décalquais sur une feuille un peu translucide une baleine bleue pareille à celle qui avale Pinocchio. Et je me disais que la situation était inversée par rapport au conte, que c'était le père qui avait disparu et le fils qui l'attendait. Mon père avait été englouti par la monstrueuse baleine de la guerre, et peut-être nous mentait-il sur son état et sa santé.

De temps en temps, je jetais un coup d'œil par la fenêtre. La pluie avait presque cessé. Elle clapotait en petites gouttes à peine audibles. Une rivière tourbillonnait encore au milieu de la cour avant de s'évaporer quelques heures plus tard, emportant avec elle toute la vie microscopique qui s'y serait fugacement développée. De minuscules escargots jaune clair rampaient déjà sur les pavés, sans se douter des atrocités que perpétrait la race humaine. Et je me dis que j'aurais bien aimé être un petit escargot.

Dans le salon, la réalité primait sur le songe. Enfoncé dans son fauteuil, grand-père lisait dans le journal les actualités nationales. On y évoquait la Turquie récemment entrée en guerre aux côtés des puissances centrales et les combats furieux qui faisaient rage en Argonne. Grand-mère cousait, et ma mère, je le sentais, s'ennuyait un peu. Elle s'approcha de la vitre, l'embua de son haleine tiède et dessina un cœur du bout de l'index.

— Il est joli, ton cœur, maman ! lui murmurai-je.

— Merci mon ange, me répondit-elle.

Les adultes me regardèrent tendrement, avec une ouverture au bout des lèvres, un début de sourire qui signifiait que j'étais bien gentil mais ne comprenais pas tout. Alors je dis :

— Vous savez, je sais bien que l'oncle René risque de pas revenir ! Moi aussi je suis triste. Mais c'est pas une raison pour ne plus se parler.

Un silence lourd s'abattit. Un spasme secoua grand-mère, ma mère baissa les yeux et grand-père s'éclaircit la gorge avant de prendre la parole :

— Tu as raison, bien sûr ! Il faut être courageux, pour l'honneur de la famille Larizza !

J'avais gardé les yeux rivés sur la baleine bleue que j'étais en train de dessiner. Les paroles de grand-père m'encouragèrent, mais à l'instant où je levai la tête vers lui, j'aperçus par hasard le titre meurtrier de la une du journal. Je n'oublierai jamais ce moment-là. L'homme mûr, la pipe en bouche, les deux mains sur les hanches comme un bûcheron, s'exclama d'une grosse voix :

— C'est moi qui ai peint ton cheval en vert !

Alors je lui sautai sur les genoux et il me raconta plusieurs fois la fameuse histoire du cheval vert. Pour accompagner le spectacle, je pris une tranche de *bussolao*, la spécialité de grand-mère, sorte de gâteau très sec dont se régalaient les pauvres d'Italie du Nord. Grand-mère me découpa une belle tranche et me servit dans une coupole ce petit bout de paradis. Et ce dimanche se termina ainsi, sur l'île *bussolao* où trottait, sous le soleil, le cheval vert de la merveilleuse enfance.

Dieu les voyait-il ? Écoutait-il leurs prières ? Est-ce que quelqu'un les entendait ?

Ma mère tenta sans succès de me dissimuler la lettre du 11 novembre 1914. Mon père avait froid. La bise lui coupait la peau. Il avait de la fièvre et des spasmes lui parcouraient le corps. Il y avait une épidémie de dysenterie dans la tranchée de première mais lui n'en présentait pas les symptômes, d'après le médecin. Tant mieux. Les malheureux souffraient le martyre. Ils recouvraient les latrines de chlorure de chaux mais c'était inutile. La dysenterie leur arrachait les intestins jusqu'à ce qu'ils se vident et nagent dedans. Mon père préférait mourir par balles. On gardait au moins sa dignité.

Ça ne marchait pas comme les journaux nous l'annonçaient. Ils encourageaient le civil, mais on n'en croyait rien. Au Front, c'était la guerre d'usure. Évidemment, le journaliste faisait du zèle et saluait la victoire imminente, mais il ne prenait pas trop de risques. Il attendait bien sagement à l'arrière et conduisait les voitures. Et quand par malchance un des leurs payait de sa vie, toute la presse s'en faisait l'écho.

Les Poilus enviaient aussi les hauts gradés qui buvaient du champagne, fumaient de gros cigares et du tabac fin, se servaient à leur guise dans les dons et en plus ramassaient des lingots d'or. Eux, ils ne recevaient qu'un sou par jour, et mon père nous envoyait avec amour tout ce qu'il gagnait. C'est sans doute l'apanage du peuple d'accepter et de se contenter de ce qu'il a.

C'étaient des travailleurs de tous âges, de tous métiers, de tous horizons. Ils appelaient le sergent *grand-père* à cause de ses tempes grisonnantes. Laboureurs, ouvriers, bateliers, charretiers... toutes les professions étaient représentées : le grand Henri, qui arborait de superbes guêtres mauves arrachées à un mort, peignait des voitures en Normandie ; la mèche blonde d'André contrastait avec son visage à jamais noirci par les Charbonnages du Nord ; le joyeux Joseph, qui emballait ses jambes dans des spirales de fils téléphoniques, vendait des chaussures dans une gare à Lyon. Il se vantait partout que le matricule 2767, le premier chasseur à pied tombé à la guerre le 5 août 1914 au col de Sainte-Marie en Alsace, c'était son frère, également originaire de Lyon. Mais lui se nommait Desprets, et Joseph, Després. Que voulez-vous : ils avaient tous besoin de se mentir.

Avec toutes ces peaux de bêtes, toiles, passe-montagnes et autres vêtements multicolores superposés, ils se camouflaient comme un arc-en-ciel au milieu d'un paysage gris. Pas de différences.

Ils traînaient tous dans la même galère, hommes des cavernes déguisés revenus à l'état primitif. Entre eux, ils parlaient le même langage, la même soupe linguistique, un mélange d'argot des casernes, de patois et de français assaisonné de quelques néologismes. Mon père s'adaptait, faisait des efforts. Mais quand il pensait qu'un avocat se chargeait du secrétariat du colonel ou que des instituteurs obtenaient d'emblée le grade de sous-officier à la compagnie, il regrettait encore plus amèrement d'avoir raté l'examen d'entrée à l'école normale.

Agriculteur de son état, mon père se cultivait beaucoup. Il avait même lu en traduction française des romans d'un Irlandais frénétique un peu oublié, Charles Robert Maturin. Il ne lisait pas ce que tout le monde lisait. Il réfléchissait par lui-même, rénovait même la philosophie, et sans doute l'examen de l'école normale exigeait-il un conformisme qu'il avait depuis longtemps dépassé. Mais, au Front, la bibliothèque lui manquait, le plaisir d'entrer dans une phrase comme une fourmi dans une motte de terre et de s'y confondre. Là-bas, il pataugeait dans la misère intellectuelle. Peu de personnes s'y entretenaient de livres. Alors ma mère lui envoyait des petits chefs-d'œuvre de la littérature. On n'imaginait pas à quel point il s'ennuyait par les jours noirs et les nuits blanches où l'alcool de bois dilatait ses veines.

La nuit précédente, le 10 novembre, mon père s'endort comme d'habitude dans sa petite niche individuelle. Brusquement, le long craquement d'un feu de salve brise le silence. Partout des coups de fusil. Ses voisins se réveillent aussitôt. Visages ahuris. L'artillerie miaule comme un chat pourri et biffe la nuit de ses traits livides. Les hommes se terrent au fond de la tranchée. « Baïonnette au canon ! » crie le capitaine. Ordre de ne pas tirer. La fusillade se calme. Elle cesse. Ils se redressent. Respirent. Le capitaine, lui, ne respire plus. Des officiers du génie accourent. Hurlements lointains, altercations, réprimandes. La troisième section leur aurait tiré dessus. Une bavure de plus. Ça arrivait de plus en plus souvent. Les patrouilles de nuit erraient dans le brouillard et tiraient sur tout ce qui bouge, malgré les consignes. Les Poilus l'avaient échappé belle. Ils se recouchèrent. Se rendormirent.

C'était pendant le sommeil qu'ils oubliaient. Qu'ils ne pensaient plus au sifflement de fer des obus ni à leur faim. Qui dort dîne. Selon son humeur, mon père s'offrait une douzaine d'escargots ou dégustait simplement un œuf à la coque. Il rêvait souvent aux tartes aux prunes tièdes de ma mère et à leurs petits matins garnis de confiture et de café au lait. Il rêvait à leurs dîners aux chandelles et à cette flamme qui pétillait dans ses yeux. Il rêvait à la chaleur d'une cheminée. Plus de tranchées, plus de sapes, plus de cartouches, plus d'escouade, plus de gerçures sur les lèvres. Plus rien...

Au réveil, les corbeaux lui crachaient déjà au visage. Au loin tonnait le canon. Alors les images de boucherie l'empoignaient à nouveau. Il reniflait à plein nez la puanteur des charognes, revoyait les faces charbonnées des cadavres, imaginait les foyers vides le soir de Noël, entendait tout autour de lui les cris de détresse des femmes, des mères, des enfants, des frères. Il pensait à René. Le ciel d'automne était lumineux, mais y avait-il un Messie ?

Il faisait très froid en ce mois de novembre. Douze degrés au-dessous de zéro. Dans le ciel se nichait un soleil d'oignon cru et d'eau de Javel, qui ne nettoyait pas les soldats mais rejetait sur eux la purulence du monde. La froidure enfonçait le feu bleu d'un invisible fer à souder jusqu'à la racine des morts ensevelis sous le sol, sans produire ni chaleur, ni amour, ni tiédeur, ni espoir. La terre était prise sur une profondeur d'au moins dix centimètres. On évacuait de nombreux Poilus pour pieds ou mains ankylosés. Mon père aurait bien aimé se faire évacuer, mais les siens ne gelaient pas, malheureusement.

Des événements se préparaient. Des rumeurs circulaient sur la venue de Clemenceau qui visiterait les tranchées. C'était déjà un personnage à l'époque. Président de la Commission de l'armée. On parlait aussi d'une grande offensive dans les jours suivants. En fait, la confusion régnait et le mystère de leur destinée demeurait entier. Personne ne se doutait un seul instant de ce qui allait se passer. Absolument personne.

L'homme blond vint plusieurs fois nous voir au parc, et à chaque fois je m'éclipsais. Je ne savais pas ce que lui et ma mère se disaient, mais dès qu'il apparaissait, un beau sourire illuminait son visage. Moi je les observais de loin, assis sur le vieux cheval en bois du parc, auquel il manquait une oreille. Mon malaise augmenta le jour où je surpris une conversation entre la postière et ma mère.

— Bonjour, Flora. Vous allez bien ? Encore une lettre pour vous. De l'Oise, évidemment.

La postière tendit à ma mère une enveloppe souillée. Elle regarda la lettre, puis la préposée, et le sourire qui éclairait son visage disparut. La lettre était un coup de poker, un tirage au sort dans le jeu de la vie ou celui de la mort. On ne savait pas si on allait être soulagé ou anéanti. Ma mère prit l'enveloppe d'une main fébrile. La postière commenta :

— C'est sans doute votre François. Peut-être une bonne nouvelle, vous croyez pas ? Vous savez, en ce moment, il y a des relèves, et les soldats qui risquent leur peau au Front depuis plusieurs mois obtiennent de longues permissions pour rentrer chez eux. Je le sais parce que le neveu d'une femme que je connais est rentré la semaine dernière. Une bonne nouvelle arrive si vite ! Eh oui, c'est une chose terrible, cette guerre. On en a vraiment marre maintenant et on voudrait tous que ça se termine. Enfin, qu'est-ce que vous voulez ? On va pas changer le monde !

Depuis que la femme soliloquait, débitant sa longue mélopée, ma mère rêvassait devant la cour encore vernie par le pinceau de la pluie. La postière se tut et, se grattant la tête, se pencha vers elle en écarquillant les yeux, comme pour sonder la sérénité de son âme :

— Vous avez l'air d'hésiter, lança-t-elle sur un ton presque mesquin.

Ma mère, surprise, balbutia :

— Que voulez-vous dire ?

— Rien de spécial. C'est juste que cette lettre a l'air de vous rendre hésitante. Ne craignez rien. Ils ne peuvent donc pas tous y rester ! conclut-elle avec fermeté.

J'ignorais ce qui traversait l'esprit de ma mère. Même si nous étions très proches, elle se gardait bien de dévoiler quoi que ce fût de ses pensées secrètes. C'était dommage : peut-être aurait-elle pu me rassurer alors qu'un cauchemar avec l'homme blond harcelait mes nuits.

Des mouettes tournoient au-dessus de l'estuaire, là où la mer ronge la terre. Elles trouent l'atmosphère de leurs cris aigus. Ma mère contemple le rivage, parsemé au loin de petits points blancs, les maisons que la distance écrase. Le clocher lointain prélude l'angélus du soir, mais les sons carillonnés se brisent sur les cris des oiseaux. Ma mère se tient debout, ses cheveux flottent au vent comme un drapeau noir. L'homme blond s'approche par-derrière et pose sa main sur son épaule dans une caresse complice. Le silence reprend ses droits. Les deux jeunes gens regardent le large, ensemble, alors qu'un voilier sombre cisèle l'immense astre rose dilaté sur les flots.

Une grimace fronce de douleur le visage de ma mère. Elle porte la main à son ventre gonflé sous son grand manteau de laine.

— Tu vas bien ?

— Oui, t'inquiète pas, ça va... pour une fois, soupire-t-elle.

Une étrange lumière de vieil argent pleut sur l'écume échevelée.

— Flora ?

— Oui ?

— Nous deux... c'est pas possible.

— Je sais.

Son visage se crispe à nouveau.

— Je crois que tu ferais mieux de rentrer chez toi.

— D'accord.

Et comme ils s'éloignent de l'eau, un oiseau raye de noir le ciel pâle.

Mon père n'avait plus pris la plume depuis des lustres, et la lettre qui nous parvint quelques jours avant Noël lâcha en nous un grand soupir de soulagement. Bien sûr, il ne nous oubliait pas, notre image l'obsédait même, ses pensées étaient rivées sur nous comme la vis dans le bois. Mais l'écriture n'avait plus sa place. Nuit et jour, il avait fallu être au travail ou au créneau. Jamais de repos. Le temps d'avaler sa soupe, il fallait reprendre sa garde ou son ouvrage : terrassement et renforcement de la tranchée qui croulait sous les coups de boutoir adverses. Mon père ne savait plus l'heure, il n'avait plus la notion du temps autrement que par le soleil et l'obscurité. Il était pareil à ces vieilles horloges qui ne marchent plus après qu'une seconde trop lourde a cassé irréparablement leurs rouages. Seule sa douleur continuait encore.

Il était indemne mais des choses terribles étaient arrivées, et il avait besoin de notre soutien plus que jamais. Il suppliait ma mère de lui écrire. Tous les jours, il épiait avec impatience le moment où le fourrier distribuait le courrier. Dans la cohue, les soldats jouaient des coudes, s'écrasaient les pieds pour se saisir du miracle de la lettre, qui exprimait l'autre courage : celui de ceux qui attendaient. C'était un courage qui s'ajoutait à celui des Poilus et qui l'augmentait, l'améliorait. Mon père disait avoir besoin de voir les lignes courbées de ma mère et d'en ressentir la douceur. Il avait besoin de sentir le parfum de son papier à lettres, qui le transportait loin du Front, près d'elle, chez nous, blottis l'un contre l'autre, avec moi au milieu de leur amour. Il avait besoin de la lire pour l'entendre lui murmurer à l'oreille qu'elle l'aimait et qu'elle l'attendait, qu'elle l'attendrait jusqu'au bout de la nuit noire, quoi qu'il advînt. Car il ne reviendrait pas pour Noël. Les permissions avaient toutes été annulées. C'était le coup de poignard d'Hamlet. Un coup de poignard dans le dos.

Quand ma mère m'annonça la nouvelle plusieurs jours plus tard, je la connaissais déjà et demeurai de marbre devant elle. J'avais pleuré en cachette. Mon père aussi avait pleuré, très longtemps, comme un gosse qui aurait perdu son unique jouet. Le matin, une envie de vomir lui montait à la gorge mais il se retenait. Il ravalait son dégoût et sa blessure pour ne pas démoraliser encore plus ses camarades. Il lançait ses dernières forces dans la bataille, comme pour entamer la route qui le menait à nous. Il marchait vers nous. Bientôt nous le verrions poindre à l'horizon, enveloppé de la brume matinale de notre pays bien-aimé. Il rayonnerait de joie. Il déverserait sur la Terre entière toute cette rancune, toute cette rancœur qui lui polluait le corps et irait pourrir dans son passé. Alors nous tournerions la page et nous goûterions la vie simple des gens qui s'aiment et qui sont heureux d'être ensemble et de vivre ensemble.

Mais avant, il devait traverser le tunnel. Il en avait déjà parcouru un bon bout de chemin et au loin une fleur de soleil perçait la neige. C'était ce que mon père écrivait en poète : « C'est un perce-neige, cette fleur qui fait fi de l'hiver et de son destin. Il y en a des milliers. Toute une ribambelle de perce-neige qui sèment sur ton visage des taches de rousseur ou du sucre roux. Et déjà la nuit s'enfuit, la crêpe de la lune fond dans la tiédeur de l'aurore où le soleil verse son coulis de miel chaud sur le paysage et les canons chocolat. Et tout a le goût du retour ! »

Comme annoncé, Clemenceau rendit visite aux Poilus. Ce fut par une de ces journées grises où le brouillard suspend en l'air de fines particules ambrées, mèches d'or blanc qui coiffent les tempes des collines et dont mon père se plaisait à décrire les mouvements. Il ajoutait de la poésie à ce qui n'en avait pas et ne méritait pas d'en avoir, ainsi ce paysage sali par le purin de la haine.

Escorté par le général de la Commission de l'armée et leur colonel, le puissant Clemenceau soigna sa popularité comme il convenait, avec sur le visage l'insupportable rictus de la fausse compassion. Il passa en ligne, échangea quelques mots avec les soldats, puis leur distribua des cigares et des pipes pour les encourager et entrevoir quelques instants la lueur vitreuse des yeux qui ont vu l'enfer. Elle lui donna sans doute la blanche illusion de ne plus être indifférent.

Le général répondit aux questions de Clemenceau avec l'hypocrite sincérité des subalternes qui s'inclinent devant la hiérarchie et la force de l'Histoire : le visage du Tigre illustrerait les pages des manuels à venir tel un astre mort qui, de son vivant, n'aurait répandu que les ténèbres. Le général lui assura que les civils tiendraient, que les ravitaillements suffisaient amplement et que, bien sûr, la victoire ne faisait aucun doute même si elle exigeait un peu de patience. Évidemment, Clemenceau était venu pour s'imprégner de la vie des soldats, s'humaniser un peu, sans penser un seul instant à la présidence du Conseil ! Voyons : le Tigre n'avait pas les crocs d'un lion !

Ce sont la guerre et l'ambition du pouvoir qui dévorent les hommes, et Clemenceau grignotait petit à petit la France entière. Il s'inquiéta même de savoir si les soldats pouvaient encore endurer les souffrances et les humiliations : « Il me semble, et ce serait normal, que tout cela commence à vous peser un peu sur les épaules, n'est-ce pas ? » À quelle réponse s'attendait-il donc ? « Mais non, au contraire, on espère que ça durera encore longtemps ! » Les lèvres se crispèrent devant le demi-dieu (ou demi-diable), et un seul soldat eut le courage de répondre positivement à la question rhétorique du politicien. Tout cela révulsait mon père, mais c'était du détail par rapport à ce qui s'était passé la veille. Cette lutte de cyclopes ne cessait jamais.

Dès le point du jour, les canons ébranlent le ciel à grands coups de bélier. Le champ tangue. Les fantassins de première ligne ont attaqué et progressé, et ils reçoivent l'ordre de se porter en avant. Dans la tranchée de première, sur le parapet, des soldats gisent à côté de leur cervelle ou de leur foie. Éperdus dans la plaine, des chevaux sans cavalier galopent et hennissent à la mort. Et soudain, le 77 crie toute sa rage. L'artillerie légère la plus meurtrière. Des caissons explosent. Les attelages s'affolent, se cabrent et tombent. Les bêtes renâclent à terre, les yeux révulsés, les pattes arrachées, les tripes dehors. Et le 77 crache de plus belle, il s'époumone à se crever le fer. Des coups de mauser claquent. Entre deux salves, une forme se relève tout à coup d'un trou d'obus : un des leurs a dénoué sa ceinture de flanelle, une large ceinture rouge, et, agenouillé à une quarantaine de mètres des Allemands, agite son fanion très haut en l'air. Signe d'allonger le tir. Les obus hersent la terre et piochent le trou maudit. L'homme se couche. Des tourbillons de boue s'arrachent dans une fumée opaque. Mon père est terré dans la tranchée. Il a retrouvé son ami Christophe et ils canardent à l'unisson. Plus loin, les brancardiers installent un poste de secours. Les blessés affluent.

Enfin ils progressent. Pénètrent dans les tranchées boches. Sur les fils de fer, des cadavres de hussards et de chevaux. À l'intérieur du trou, des corps d'Allemands, tués à coups de grenades et de couteaux, comme empaillés. L'un ouvre encore la lettre qu'il vient de recevoir. Un autre dessine. Un troisième allume sa cigarette. Morts mais vivants.

Ils les piétinent comme des paillassons et se calent dans la cagna. Les Boches à quatre cents mètres de l'autre côté, mon père et Christophe attendent leur tour pour porter l'assaut. Le 155 patine de l'arrière comme un train rouillé. Ils angoissent comme des poussins. L'odeur de la chair brûlée leur empeste les narines. Celle de la poudre et du soufre les oppresse. De l'abri souterrain, ils distinguent des morceaux de ciel où se délaie de l'ouate grise. La ferraille éclabousse, les fusants se disloquent comme des parachutes en feu, les percutants pulvérisent la terre. Et tout à coup, un sursaut, une crispation, le corps de mon père s'engloutit tout entier dans la terre. Il se roule hors de la cagna. Fracas terrible. Elle s'affaisse. Une voix crie : « Dépêche-toi, je meurs, j'étouffe ! » Christophe !... Tant pis pour le bombardement. Entre deux salves, mon père court prendre une pioche au fond de la sape et creuse. Comme un bagnard. Il déblaie un peu. C'est profond. Tout a cédé : les poutres, les étais, les rondins. Au moins un mètre de débris. La terre a tout comblé. C'est une question de minutes !

Des camarades accourent avec des outils. Ils se hâtent. La voix de Christophe se consume comme une mèche. « Attention, un obus ! » Deux soldats se sauvent. L'obus les écrase de terre, d'éclats de bois et de gravats. Vite, ils continuent. La terre bouge. Oui, voilà une main. Mon père la lui serre. Christophe hurle de joie : « Vite, vite, magne-toi, j'étouffe ! » Le visage de René fuse devant les yeux de mon père et il creuse de toutes ses forces. La sueur les trempe et les obus leur fondent dessus. Une autre main jaillit enfin. Ils arrivent bientôt à la tête. Sa salive suinte à travers la mince couche de terre. Mon père gratte avec les mains. Ses cheveux, son front, son nez. Vite, sa bouche. Il respire enfin. Sauvé.

Christophe regarda mon père, et la lueur de ses yeux sembla éteindre le brasier. Ses prunelles luisaient de ce soulagement et de cette gratitude qu'il avait vus aussi dans le regard de René, ce faible scintillement qui vous persuade que vous êtes un type bien et que la vie vaut finalement la peine d'être vécue. Alors que le bombardement décuplait de violence, mon père dit à Christophe de se retrancher dans leur camp et de récupérer. Christophe refusa. Il insista pour rester, pour combattre à ses côtés, mais il ne tenait même plus debout. Mon père lui répéta plusieurs fois de retourner dans leur tranchée de première ligne. Il lui dit de le faire pour lui, au nom de leur amitié. Christophe prit son courage à deux mains et obéit. Le capitaine interpréta ce retrait comme un acte de lâcheté.

Christophe moisissait en prison. Accusé d'avoir reculé devant l'ennemi. Il allait être jugé en conseil de guerre. Il risquait la condamnation à mort.

Allongé sur le dos, les yeux ouverts dans le noir, je contemplais la lune rousse à travers la minuscule lucarne de ma chambre. La voûte sombre était immense. Elle s'éclairait de dizaines, de centaines, de milliers d'étoiles, autant de petites lueurs d'espoir qui scintillaient, comme si des flocons blancs naissaient un peu partout. Mon père m'avait un jour expliqué que certaines de ces étoiles n'existaient déjà plus. Je n'avais pas compris tout de suite. Leur lumière met parfois des milliards d'années à nous parvenir, alors nous les voyons telles qu'elles étaient des milliards d'années auparavant.

Les étoiles trichent. Elles donnent l'image de leur passé. J'aurais aimé faire pareil. Mon père me manquait tant.

Minuit sonna. J'avais plein de choses dans la tête : les souvenirs se mêlaient aux regrets et à l'espérance, tout cela m'empêchait de dormir et je n'arrêtais pas de me retourner sous les draps.

J'avais une lettre à écrire, et elle trottait dans ma tête comme une petite bête ou un air de chanson qui ne vous quitte pas. Alors je me levai, allumai la lampe de mon pupitre, arrachai une page vierge dans un cahier rempli de dessins et de calligraphies, et m'assis. Je choisis la plus belle plume d'oie que j'avais, et me mis à écrire.

Mon petit papa,

Le ciel est joli ce soir. J'ai eu tout à l'heure très envie que l'on s'en aille ensemble, main dans la main. Des Noëls, il n'y en a pas beaucoup. Et celui-là, qui passe comme ça, il me fait vraiment mal.

J'aide bien maman, tu sais. Je balaye, je fais la vaisselle, je donne à manger aux bêtes. Le voisin aussi nous aide beaucoup. Il est finalement plus gentil que je le croyais. Je fais bien mes devoirs, tous les jours. Je lis souvent. Je m'applique et je reçois des bonnes notes. Je n'aime pas trop l'algèbre mais je pense à ce que tu me répètes tout le temps, que quand on apprend à réfléchir, on apprend à vivre. J'apprends.

L'instituteur nous dit souvent que vous défendez la cause de l'univers entier et que nos fusils à nous, c'est nos porte-plume. Alors je travaille.

Je veux que tu reviennes vite. Je t'aime très fort...

Deux heures retentirent dans la nuit. La fatigue m'accablait. Je me dis que, plus jeune, j'aurais eu peur du marchand de sable qui jette du sable dans les yeux des enfants ne voulant pas dormir. Mais j'avais grandi et je ne croyais plus à cette légende. J'étais si grand que j'étais capable d'écrire à mon père. Pourtant, le menton calé sur la main, je m'interrogeais. Et si cette lettre amenuisait encore davantage son moral ? Après tout, elle n'était pas très gaie. Je réfléchis longuement. Je raturai quelques phrases, les remplaçai, puis revins à la version initiale : la réécriture était trop dure, car on n'éprouve jamais deux fois la même émotion. Je repris alors les feuilles et commençai à me relire, à mi-voix, comme pour entendre la douleur des mots.

Je remarquai tout à coup, au bas de la page, une tache d'encre bleue. Elle me sembla une mer en miniature où j'aurais voulu plonger pour sauver mon père d'une noyade certaine.

Le matin, ma mère aéra la chambre. Le froid s'infiltra par la lucarne et un courant d'air souffla ma lettre qui était posée sur mon pupitre. Ma mère l'aperçut et me demanda ce que c'était. Je lui expliquai la vérité et lui demandai conseil, si, selon elle, je devais oui ou non l'envoyer. Alors elle répondit :

— Une lettre qui ne part pas reste comme un remords, mon chéri. Tu as écrit cette lettre, tu as eu envie de l'écrire, tu en as éprouvé le besoin. Si tu ne l'envoies pas, tu n'auras pas véritablement respecté ce que tu es. Or on se prive parfois de beaucoup d'amour quand on a peur d'être soi-même.

Au moment même où ma mère prononça ces

paroles, je vis dans le petit carré bleu de la lucarne un oiseau blanc, un oiseau de bon augure. Alors, sans même dire merci, je dévalai les escaliers à toute vitesse, pris dans la commode une enveloppe et un timbre, et passai dans la cuisine. Là, avec la lettre, je glissai dans l'enveloppe un *scarcedda*, l'un de ces biscuits roulés dont grand-mère nous régalait toujours à Noël. Puis je me précipitai vers la boîte postale la plus proche pour confier au hasard, avec la plus grande espérance, ce petit morceau de moi-même.

Fin décembre, mon père était en réserve pour trois jours dans une ferme située dans un petit village. Les derniers jours avant Noël furent très durs à cause du gel et de notre absence, mais les Allemands leur laissèrent de longs instants de répit inespérés. Le 25, ils leur firent signe de venir, ils souhaitaient leur parler. Mon père se proposa d'être porte-parole pour tenter d'expier un peu de cette culpabilité qui lui martelait les tempes et lui minait la chair depuis une semaine. En vain. Le visage de Christophe s'incrustait devant lui, dans sa peau, comme une ombre de glace. Ses visions s'intensifiaient au point de lui ronger les orbites.

Il s'approcha à environ quatre ou cinq mètres de la tranchée allemande d'où étaient sortis deux soldats. Ceux-ci voulaient une trêve pour honorer le jour de fête. Ils promettaient de ne pas tirer un seul coup de fusil ni le jour, ni la nuit, et demandaient aux Poilus d'en faire autant. Ils se disaient à bout de forces et lassés de la guerre. L'un d'entre eux portait une alliance et mon père et lui, l'espace d'un instant, éprouvèrent l'un pour l'autre une sorte de sympathie étrange. Mon père se sentit soudain moins seul et eut envie de lui faire confiance. Envie d'éprouver un sentiment de sérénité pur comme la neige. Ils lui tendirent un paquet de cigarettes, des cigarettes à bout doré, et lui leur glissa *Le Matin* en échange d'un journal allemand.

Quand il revint dans sa tranchée, ses camarades s'emparèrent du tabac allemand comme s'il s'était agi d'une chose très rare, un fétiche peut-être. Ils brisaient un mystère. Ils profanaient un cimetière, comme pour déterrer *la* hache de guerre et la prendre à pleines mains, la manipuler, la sentir réellement. Ils possédaient un don de l'ennemi. Ils fumeraient cette part de l'humanité qui les combattait, elle s'insinuerait dans leurs poumons, leurs cellules, jusque dans le moindre capillaire. Elle imprégnerait leur corps de ses déchets et de ses impuretés, et encrasserait leurs artères d'une douleur silencieuse. Mais elle dissiperait peut-être aussi tout ce qu'ils n'avaient pas compris ou pas pu comprendre. Ce serait comme se mettre à la place de l'autre, le devenir, devenir celui que l'on combat et comprendre si cela signifie quelque chose. Comprendre *enfin* quelque chose.

Leurs voisins d'en face tinrent leur parole mieux qu'eux. Pendant la trêve, les Poilus nettoyèrent la tranchée et aménagèrent la cagna pour qu'elle brillât comme une crèche et leurs foyers trop lointains.

Elle ne brilla pas. Noël se finit le lendemain, au son des obus carillonnés. Pourvu qu'ils n'aient pas réveillé l'Enfant Jésus !

Leur escouade était en réserve dans une ferme isolée dont la fenêtre aux rideaux rouges ensanglantait le soir. La pluie tombait, fine et froide. La nuit ruisselait comme une eau noire sur le paysage blanchi de neige. Les camarades de mon père s'amusaient dans les escaliers, se grimpaient dessus, se chamaillaient, chantaient en chœur :

> *Si tu veux faire mon bonheur,*
> *Marguerite, Marguerite,*
> *Donne-moi ton cœur...*

Toute la maison braillait, cherchant à étouffer le hurlement sourd de l'absence. Trois Poilus croupissaient en prison depuis une semaine, innocents du crime d'abandon de poste, coupables de servir d'exemple à des gamins égarés. Ils accusaient la guerre de leur funeste destinée mais ne médisaient même pas des hommes. Mon père aurait voulu qu'ils accusent tout le monde : lui, nous, ses camarades, les Allemands. Qu'ils accusent la Terre entière pour que la Terre entière se sente coupable. Il disait que, s'ils ne nous accusaient pas, leur mort ne servirait à rien sinon à bénir le meurtre.

Ces hommes n'avaient pas fait ce qu'ils pensaient, juste ce qu'ils n'auraient jamais voulu faire : *trahir*. Et s'ils mouraient, alors ils auraient bu jusqu'à la lie le calice de l'injustice. Mais on leur accorderait sans doute la présence de l'aumônier. Tout cela était si compliqué. Mon père avait écrit : « Que Christophe me pardonne, même si je ne le mérite pas. »

Une fumée de bois mort se répandait de la cuisine de la ferme. Mon père osait à peine croire à ce qui lui arrivait. Après toutes ces épreuves, tous ces jours à lécher la terre et à savourer le sang, il allait enfin pouvoir manger normalement, dans une assiette, avec une fourchette propre et un couteau qu'on n'aiguiserait que pour mieux trancher la viande. Toute la petite troupe s'attelait à la tâche culinaire dans la bonne humeur : un Poilu pleurait à cause des oignons qu'il coupait, un autre dépeçait un énorme morceau de bœuf avec une hachette en bois, un troisième allumait le feu du chaudron, et le grand André, le mineur du Nord, râlait avec humour en prenant l'accent de la mère Michèle qui a perdu son chat... Ils exultaient.

D'autres Poilus inspectaient encore leur linge afin de manger l'esprit nettoyé : ils chassaient les poux, grattaient la saleté avec un tesson de bouteille, puis battaient leurs vêtements comme un tapis, à grands coups de bâtons. C'est que le capitaine faisait généralement preuve d'une sévérité extraordinaire lors des revues et qu'il n'hésitait pas à punir s'il voyait une tablette de potage écrasée dans des chaussettes ou du café saupoudré sur les manches d'une chemise. Il remarquait tout : le brodequin mal graissé, les traces de boue séchée sur la capote, la tache de rouille sur le fusil, qui était, selon lui, le premier signe de relâchement, de non-respect pour la nation française. La revue des vivres n'en était pas moins périlleuse, les Poilus devant tout défaire, tout sortir de leur barda et l'étaler devant eux, même les choses les plus intimes ou les plus indiscrètes. Le moindre sachet de sucre était comptabilisé et noté dans un carnet.

Mon père se réjouissait pour la nuit. Dormir enfin dans un lit qui ressemblât à peu près à un lit, avec le plancher pour matelas et un sac de paille en guise d'oreiller. Et surtout se déchausser, se débarrasser enfin de sa baïonnette, de son ceinturon, de tout son équipement aussi lourd qu'une enclume. Et peut-être même rêver... Rêver comme un enfant à des étrennes et se réveiller au petit matin au milieu de ce doux rêve, avec du duvet d'édredon dans la tête. Mais avant l'étreinte de Morphée, mon père prierait. Parce que cela lui faisait du bien. Il prierait pour René, pour Christophe, pour ma mère, pour moi, le bébé, l'humanité, la paix. Il prierait très fort pour se sentir innocent et vivre encore un peu. Mais peut-être prierait-il pour rien.

Nul de nous ne vit pour lui-même
et nul ne meurt pour lui-même !
(Romains, 14, 7)

Le crépuscule versait une nostalgie mauve et dorée dans la cour lustrée de neige fondue. Ma mère tenait son visage contre la vitre nue. Derrière elle, la lampe enluminait le sapin de quelques guirlandes insaisissables. C'était le voisin qui nous l'avait apporté. Il avait l'air triste, ce sapin. D'habitude, on allait dans la forêt avec mon père et on mettait des heures à choisir le plus bel arbre. Puis on le décorait avec des pommes de pin, des rubans rouges et du houx. On le plaçait juste à côté du store à lames de la fenêtre du salon. Car en hiver, vers quatre heures de l'après-midi, le store à lames diffusait cette jolie lumière que l'on humait comme de la vapeur de miel.

Ma mère posa le regard sur ce tableau qui avait longtemps égayé la tapisserie sombre de la chambre parentale et trônait maintenant sur le rebord de la fenêtre. Je l'ai sous les yeux au moment même où j'écris ces lignes. Un soleil pourpre y effleure le visage resplendissant de ma mère. Mon père aussi paraît heureux. Il lui prend le bras et dans son regard se mire le bleu paradis de ses yeux. Il a l'air d'avoir attendu la cérémonie depuis si longtemps. À l'arrière-fond, des enfants rient dans une coulée de corolles. J'imagine la procession religieuse. Les enfants de chœur portaient des corbeilles d'osier remplies de pétales de fleurs et sur le chemin rural, toute l'après-midi, ils éparpillèrent ces confettis par milliers comme des morceaux de bonheur destinés à mes parents.

La pluie du temps n'a pas délavé les gouaches de mon enfance. Cet après-midi-là, le passé absorbait ma mère, qui garda de longues minutes les yeux rivés sur le tableau. Il valait mieux oublier le présent.

Il arrivait que les Poilus en vinssent au pire. Choisir de partir était une des dernières libertés qu'il leur restait. La prendre emplissait certains d'admiration. Le courage, confondu avec la folie suicidaire, ne signifiait donc plus rien.

Mon père évoquait le suicide d'un de ses camarades. On retrouva le malheureux avec une balle dans la tête. Des gouttes rouges caillées ponctuaient une lettre qu'il tenait encore dans les mains. Le curé de son village lui avait en effet écrit que son épouse avait eu un instant d'égarement mais qu'elle se repentait et chargeait son confesseur de l'absoudre auprès de son mari. Mais celui-ci ne le supporta pas. Un homme était venu habiter le pays quelques semaines après le début de la guerre, un pauvre hère sans foyer qui trouva du travail à la même ferme où était employée la femme du Poilu. Les deux jeunes gens s'attelaient tous les jours au même labeur, puis il se proposa de venir chez elle pour l'aider dans les travaux physiques qui demandent les bras d'un homme, tels que couper et ranger le bois. Ils se lièrent d'amitié, et finalement franchirent la frontière du corps. Cette histoire, bien sûr, me taraudait. Plusieurs fois, la nuit, elle se déroula dans mes cauchemars, avec ma mère et le grand blond dans les rôles principaux. J'ignorais ce qui se passait réellement entre eux. Je savais seulement qu'ils se rencontraient régulièrement. Mais je crois que ma mère cherchait simplement une oreille attentive et un peu de réconfort.

Nous célébrâmes l'Épiphanie presque comme d'habitude, et grand-père me raconta comment lui la vivait dans son enfance italienne. Le soir du 5 janvier, il plaçait son plus long bas sur la cheminée car la *Befana*, cette vieille sorcière au nez crochu, y descendait la nuit pour y cacher ses trésors. Au petit matin, il trouvait dans sa chaussette surprise des cendres, du charbon, des noix, des oranges et des amandes – et il était tout heureux.

Nous adressâmes une petite prière aux Rois mages car cela faisait deux semaines que nous étions sans nouvelles. Puis s'échoua enfin une lettre datée du 15 janvier 1915. Mon père avait voulu nous écrire avant, mais il n'avait pas pu. Quelques jours plus tôt, on les avait réveillés à trois heures du matin. Ils savaient depuis la veille qu'une revue était prévue. Personne n'aurait imaginé voir ce qu'ils virent.

À quatre heures précises, on conduisit leur escouade, une quinzaine d'hommes, dans un endroit désert. Presque rien autour d'eux. Dans la neige, des cendres de lune éclairaient la pâle désolation des champs. Les fermes éloignées dormaient, à demi cachées derrière un mur de brouillard. De fins filets de fumée s'en échappaient et s'élevaient droit dans l'atmosphère glaciale, comme pour atteindre l'inaccessible.

Les hommes marchèrent longtemps, très longtemps. Aucun bruit ne troublait la campagne. Seules des escadrilles de corbeaux écorchaient le ciel de leurs grandes manœuvres inutiles avant de fondre sur les champs livides. Pour une fois, mon père aurait voulu qu'ils crient. Il aurait voulu entendre ces grincements horribles qui d'ordinaire lui sciaient les tympans. Mais la vie avait déjà abandonné. L'invincible gelée pétrifiait tout, le sang, la sève, le temps. Soudain, un arbre craqua, comme si ses membres de bois se brisaient. Alors mon père leva machinalement les yeux au ciel pour voir d'où provenait le bruit. Mais il ne vit rien. Seulement cette nuit où les flocons semaient des étoiles de givre. Il pensa que le jour, le ciel était lumineux comme du cristal bleu. Il pensa à l'innocence du ciel. Et à ce moment-là, il comprit. Trop tard.

Un poteau se dressait sur la scène. On les fit former un rectangle. Deux voitures arrivèrent. L'une transportait les chefs. L'autre, l'un des trois condamnés à mort. Deux gendarmes escortaient le malheureux. En passant, il regarda rapidement le poteau, les pupilles dilatées par la peur. Puis on lui banda les yeux. Un des chefs lut le rapport qui le condamnait. C'était comme si chaque syllabe assenait sur les tempes de mon père un coup de guillotine. La lecture terminée, on le conduisit au poteau et on lui ordonna de se mettre à genoux. Un hurlement de corbeaux, sourd comme la mort, écartela le ciel. L'homme s'agenouilla sans un autre geste, sans un murmure, incompris, résigné, soulagé peut-être. Toute l'innocence du monde était suspendue à son souffle. Les douze soldats, fusil à la main, se postèrent à douze pas, comptés par le sergent-chef qui commandait le peloton d'exécution. On lui attacha les mains, puis l'officier déclencha le compte à rebours : *à vos armes – en joue – feu !* L'homme se tordit comme un serpent. Le sergent-chef mit fin à ses convulsions d'une balle de revolver dans la tête.

Quelques flocons apparurent. Le ciel déposait délicatement sur le champ une page blanche qui aurait pu voiler ses meurtrissures, effacer les sangs anonymes qui écrivaient l'Histoire. Mon père et les autres Poilus durent défiler devant le cadavre pendant quelques minutes, comme pour s'imprégner encore plus du crime. Il se serait fait porter malade s'il avait été prévenu de cette scène d'assassinat. Il aurait certes passé une semaine en prison, mais au fond de lui aurait gardé incandescentes les braises de l'honneur et de la dignité. Car cette exécution et la mort de Christophe éteignirent tout. Chaque jour, presque dans toutes les divisions, des hommes subissaient le jugement du conseil de guerre. Fort heureusement, certains échappaient à la peine capitale, pourtant la peur n'épargnait plus personne. Mon père avait constamment peur.

Il se trouvait alors dans un ancien hôpital. Il avait pris une balle dans la jambe deux jours auparavant. Mais il nous rassurait dans sa lettre. Les docteurs l'avaient opéré à blanc et vacciné contre le tétanos. Il était tiré d'affaire. C'était du moins ce qu'il affirmait. Son voisin d'à côté avait eu moins de chance : le fémur était fracturé et la jambe criblée d'éclats d'obus. Il souffrait le martyre lorsque les infirmières le pansaient ou lui retiraient des morceaux de fer.

Ils étaient une cinquantaine, Français et Allemands, entassés dans une pièce immense qui faisait office de salle de détente avant la guerre. On y avait par nécessité aménagé des lits superposés, le moindre centimètre carré étant précieux, même une souris occupait un espace trop grand. Toute une population de rongeurs avait d'ailleurs élu domicile dans cet asile. Elle avait sympathisé avec les malades qui l'apprivoisaient volontiers, plus docile et plus courtoise que les rats pestiférés. La copine de mon père s'appelait Mélanie : mademoiselle Amélie Mélanie, très maniérée, aimait le vieux papier et les amitiés.

La chambre comptait beaucoup de réservistes dont la gravité des blessures déconcertait médecins et infirmières. Ces derniers réalisaient de véritables pirouettes médicales, acrobates des soins, funambules marchant sur le fil fin de la mort à longueur de journée. Le spectacle ne devait pas s'arrêter là. Ces pauvres clowns de Poilus, eux, s'y arrêtaient et attendaient. Ils attendaient comme ils avaient pris l'habitude de le faire et de ne faire que cela. Le Poilu passait son temps à attendre. Il attendait son départ pour le Front. Là-bas, il attendait l'ordre de porter l'assaut. Il attendait les lettres de sa femme. Il attendait de rentrer enfin ou de partir pour toujours.

L'hôpital était l'antichambre de la mort. Mais mon père conjurait ma mère de ne pas trop s'inquiéter, de se préserver pour moi et le bébé et de veiller à ce que je fasse bien mes devoirs. Il luttait. Il s'obstinait, comme mes scarabées. Mais il avait peur. Il disait avoir un peu changé. N'être plus tout à fait le même, comme si une partie de son âme lui manquait. Oui, une partie de son être lui manquait. Il ne voulait plus être seul, la nuit. Il voulait sentir ma mère près de lui, contre lui, entendre sa voix, se sentir habité par elle pour pouvoir affronter ses angoisses. Il avait surtout peur de ses visions. Alors il se cachait sous les draps, se roulait en chien de fusil et fermait les yeux, parfois jusqu'à ce que sa bougie se consumât entièrement.

Avant l'exécution, il n'éprouvait rien de cela. Il s'imaginait désormais souvent sur la grève avec ma mère, très loin l'un de l'autre. Le soleil les accablait de sa flamme implacable. La houle tordait la mer de cendres jaunes, et les mouettes crissaient. Ses longs cheveux blonds volaient vers lui comme un oiseau de bronze, et soudain il l'appelait. Ma mère écarquillait les yeux. Elle avait des grenades noires dans les orbites. Alors mon père se réveillait. Épuisé, vidé, sans forces. Une sorte de tristesse lourde et lancinante le pénétrait. Il se sentait seul. Triste. Malade peut-être. La fièvre.

Des frissons lui couraient dans le dos comme des insectes. C'était sa vie. La réalité. La vérité.

Il y avait cependant une certaine joie dans la chambre : des types qui beuglaient des rengaines rigolotes ou des joyeux lurons qui racontaient des blagues assez grasses. On ne voyait jamais les mêmes personnes très longtemps : de nouveaux blessés arrivaient chaque jour tandis que d'autres partaient, le plus souvent pour le voyage sans retour. Mon père rencontra un ami, Claude, qui se destinait à la carrière de professeur et surtout écrivait lui-même. Le jeune homme tenait un immense journal intime qui constituerait pour les générations futures un témoignage unique sur la vie du Poilu. Il le faisait lire à mon père, l'encourageait à en parler autour de lui, à recopier les phrases qu'il aimait le plus, à nous les envoyer même. Ils discutaient ensemble des heures entières. Claude écrivait à longueur de journée – et dessinait à la plume le bras qu'il avait perdu.

Son exemple fascina mon père. Il y avait dans son style l'envergure de la vie. Cet homme lui donna l'envie de nous écrire encore plus. Et puis, un matin, il s'en alla. C'est alors que je reçus cette lettre :

Bonhomme,

Merci pour ta lettre et le scarcedda *qui était meilleur que jamais. Je suis heureux que tu m'aies écrit. Chacun de tes mots, c'était un petit* scarcedda *qui m'a goûté plus que je ne saurais dire.*

Et j'ai vraiment très faim de te revoir. Bientôt je reviendrai, et nous passerons beaucoup de Noëls encore ensemble.

Je suis content que tu travailles bien à la maison et à l'école. Ton maître a un peu raison quand il dit que ton fusil à toi, c'est ton porte-plume. Mais n'oublie surtout pas qu'une plume est douce comme une caresse, et que ce sont la douceur et la tendresse qui comptent le plus.

Il fallait aussi que je t'écrive parce que je viens de voir un pélican. Je me doute que tu ne vas pas me croire, et pourtant c'est bien vrai. Il a des ailes immenses, d'une blancheur d'ivoire, et il plane au-dessus de mon lit, attendant sans doute que je monte sur son dos. Son bec est un peu barbouillé par le noir du charbon de bois que l'infirmière a voulu effacer. Il faut laver les murs de chaux tous les jours à cause des maladies, mais j'ai dit à l'infirmière de ne pas toucher au pélican. Il faut que je le protège parce que son papa dessinateur, mon ami Claude, est parti hier et il m'a demandé de bien m'en occuper. Alors je le nourris de mon regard. C'est un véritable chef-d'œuvre, tu sais. Il me fait penser à toi à chaque seconde. Je n'ose pas le reproduire parce que je ne dessine pas aussi bien que toi. Je ne suis pas sûr que tu me pardonnerais si je dessinais mal un oiseau.

Tu vois, l'hôpital n'est pas si triste que ça. Quand je regarde le plafond, je vois un pélican qui m'emmène près de toi.

À bientôt,
ton papa.

Ce fut une telle joie de recevoir cette lettre ! Ma mère l'avait posée sur mon pupitre et je la découvris à mon retour de l'école. Je la lus à la lueur du couchant qui se diffusait par la lucarne de ma chambre. La jolie lumière enveloppait chaque mot d'une robe de fée mandarine. En voyant cela, je me dis qu'il devait quand même y avoir quelque chose là-haut. Je ne savais pas quoi, mais il y avait quelque chose. C'était obligatoire. Les fleurs parfumées du printemps, le sifflotement du merle, le miel blond du jour, tout cela me persuadait que j'avais raison. Si seulement j'avais eu raison...

Au moment où le soleil fonça le ciel pâlissant, la lettre prit une merveilleuse couleur caramel. Ce fut beau comme une naissance. Sans doute un peu moins.

Ma mère accoucha à la maison juste avant la Chandeleur, le 1er février 1915. Grand-mère la soutenait :

— Allez, encore un effort, ma petite fille ! Tu y es presque !

Cela pouvait durer toute la journée mais les encouragements de grand-mère raccourcissaient le calvaire. J'observais par le trou de la serrure, trépidant mais pas intrigué. On apprend beaucoup de choses dans les cours des écoles, et le grand Alphonse, l'as des billes aussi rusé qu'un renard, nous avait un jour enseigné la surprenante vérité sur les choux et les roses. La démonstration me stupéfiait. Ma mère tournait son visage vers le mur et s'accrochait à une des églantines qui ornaient le papier peint. Elle affrontait son mal, pétrissant dans la main une balle de draps mouillés. La douleur striait son regard de blessures profondes. Grand-mère, les églantines, le crucifix accroché au-dessus du lit s'y mêlaient et s'y entrecroisaient à un rythme saccadé.

Grand-mère la réconfortait du mieux qu'elle pouvait :

— La vie va sortir de toi. Tu es merveilleuse, ma chérie !

Moi je l'aidais. Je poussais avec elle, du plus fort que je pouvais. Elle se mordait les lèvres, comme une cannibale. Les contractions lui irradiaient tout le corps et lui déchiraient le ventre. Soudain une larme coula, puis une autre, puis une autre encore, comme si ma mère rejetait toute la haine que la douleur lui faisait ressentir. La haine d'être seule. La haine de lutter contre soi-même pour la vie.

Parmi le crépuscule qui enchantait le salon, grand-mère berçait dans ses bras un bébé rose, emmitouflé dans du linge qui sentait bon le propre. Elle chantait un petit air doux :

> *Les anges se balancent,*
> *Se balancent*
> *Jusqu'au ciel...*

J'étais tellement étonné de la chose que je n'osai pas m'approcher. Grand-mère me proposa de venir près d'elle et de toucher cet humain minuscule. J'avançai très doucement un doigt et le posai sur sa joue, très délicatement, comme un papillon se pose sur une fleur. Alors elle me dit :

— C'est ta petite sœur à toi.

Le papillon battit des ailes au fond de mon cœur.

Mon père regrettait dans sa lettre du 2 février 1915 que le télégramme de ma mère fût trop bref. Mais c'était le plus merveilleux qu'il eût jamais lu de toute sa vie. Il voulait tout savoir : la couleur de ses yeux, de ses cheveux, sa taille, son poids, si elle ressemblait à sa femme, si elle était jolie, si ses yeux pétillaient de malice comme les miens. Mes parents avaient été tellement sûrs d'avoir un garçon qu'ils n'avaient même pas pensé à un prénom féminin. Leur correspondance se nourrirait alors de négociations interminables qui n'appartiendraient qu'à eux. Les gens qui s'aiment sont tous un peu les mêmes.

Il tardait à mon père de voir sa fille à un point que je n'imaginais pas. Je l'imagine maintenant. Dans sa lettre, il nous annonçait une nouvelle magnifique : *il rentrait !* Oui, il rentrait. Alors, l'espace de quelques secondes, cette nouvelle et l'arrivée de ma petite sœur changèrent tout. Mes cauchemars avec l'homme blond s'espacèrent, s'estompèrent, puis disparurent définitivement.

Tout le monde semblait heureux. On rapatrierait bientôt mon père. Il ne savait pas encore quand, ni comment, mais c'était certain, sûr, plus sûr que jamais ! Cela ne devait pas trop traîner car ils avaient besoin de libérer des lits pour les blessés qui affluaient.

Mon père avait gardé des séquelles de sa blessure, mais il se disait que cela n'était pas si grave. Le principal était que l'on allait bientôt se retrouver et vivre à nouveau ensemble. C'était cela qui comptait vraiment, pas tout ce que nous avions perdu. C'était ce qui nous restait, le plus important. Ce qu'il nous restait à aimer. Avec toutes les concessions, les sacrifices et les compromis. Il allait de nouveau vivre avec nous. C'était plus fort que tout.

Mon père connaissait des Poilus dont les femmes avaient accouché pendant qu'ils étaient dans les tranchées, au beau milieu des batailles et des carnages. Ceux-là avaient écrit à leur épouse des choses très dures, leur disant de bien s'occuper de leur enfant, de lui apprendre à être digne de lui-même et de ses parents, de lui enseigner la vie simple, de l'instruire, de lui faire découvrir les arts. Ils avaient dit à leur épouse d'aimer leur enfant beaucoup, doublement, pour elles et pour eux. Mon père, lui, n'avait pas à écrire ces choses-là. Lui rentrerait. Il la dorloterait, jouerait avec elle, la verrait grandir. Comme il l'avait fait avec moi, il lui parlerait de la vie, de Ronsard et des roses qu'il faut cueillir vite. Il l'emmènerait sur la plage ramasser des coquillages qu'elle porterait à son oreille. Alors elle entendrait la mer pour la première fois. C'est un moment inoubliable. Mon père y rêvait sans doute très fort.

Et puis, quand elle serait assez grande pour comprendre, il l'emmènerait voir les pélicans. Alors elle comprendrait ce que signifie la liberté et saurait comment il faut vivre pour être en harmonie avec soi-même.

Quand le soleil se couchait, il jetait désormais des milliers d'abeilles sur les murs de la maison, et un papillon dans mon cœur. Le ciel ressemblait à du miel ou du flan fondu à la vanille. J'avais une petite sœur. Mon père rentrait. Je ne me lassais pas de me le dire. J'étais heureux.

Dehors, le vent feulait. On eût dit un fantôme fulminant contre la folie autodestructrice des hommes. Cela me paraissait plus terrible que des hurlements de loups affolés.

Le berceau de ma petite sœur tremblait : la fièvre avait entrepris depuis la veille son travail de sape, qui briserait peut-être le cours de sa vie. Ma mère se recroquevillait devant l'imposante silhouette du médecin, lui demandant ce qui se passait, pourquoi son bébé s'agitait dans tous les sens et pourquoi son front ruisselait de sueur, si c'était grave, ce qu'il fallait faire, pourquoi lui-même n'était pas Dieu le Père qui changerait tout d'un coup de baguette magique. Elle reposait les mêmes questions deux, trois ou quatre fois, lançant chaque mot comme une bouteille de détresse à la mer.

Nous avions eu de la chance d'avoir pu obtenir un médecin. Les civils n'avaient presque plus le droit d'être malades ou convenablement soignés, et le docteur coûtait de l'argent, on ne l'appelait qu'en dernier recours. Les questions de ma mère le submergeaient comme une vague noire. Il me parut un instant disparaître dans son ombre immense qui couvrait le mur ocre éclairé d'une simple bougie. Il toussa un petit coup, oscilla de la tête puis avoua son ignorance :

— Écoutez... Je ne crois pas que ce soit grave, non. C'est vrai qu'une fièvre aussi élevée, ce n'est pas tout à fait normal. Continuez à lui faire des compresses, on verra bien après cette nuit.

L'ombre de l'homme absorba celle de ma mère qui se tassa un peu plus sur elle-même. Elle se pencha sur sa petite fille inondée de larmes et de sueur, et vit bien qu'elle nageait à contre-mort. J'étais terrorisé. « On verra bien après cette nuit », avait dit le médecin. Je sentis que cette nuit changerait quelque chose dans ma vie.

Minuit sonna dans la maison et rappela que le monde tournait encore, que certaines personnes, à des centaines de kilomètres de chez nous, faisaient la guerre – et d'autres l'amour. Je ne parvenais pas à dormir, envahi par des images diverses. C'était dans ma tête un kaléidoscope de formes et de couleurs qui se mélangeaient sans raison. J'épiais ma mère qui embrassait la petite sur le front. Pour la énième fois, elle plongeait un gant de toilette dans un bol d'eau chaude posé sur la table de chevet puis l'essorait avec soin. La main gantée s'approchait doucement des joues écarlates, mais ma sœur la chassait nerveusement d'un coup de tête. Ma mère reprenait alors aussitôt son geste. Cela n'en finissait plus.

— Je t'en prie, conjura-t-elle avec désespoir, il faut que tu guérisses.

Le bébé pleurait de plus belle. Ma mère arpentait le plancher, la main comprimée sur la gorge. Mon regard se posa soudain sur le sac militaire arrivé le matin et jeté au pied de la commode. Il appartenait à Christophe. Il avait écrit une dernière volonté à la veille de son exécution : que l'on remît ses affaires à mon père. Ce dernier étant à l'hôpital, le sergent les avait envoyées chez nous.

Poussé par la nervosité, rongé par cette attente insupportable, je demandai à ma mère l'autorisation d'y jeter un œil. Elle acquiesça, désintéressée. Je défis la lanière de cuir et renversai le contenu hétéroclite de la musette. J'éparpillai d'une main les objets : un canif, des bougies, une petite Bible, un pendentif en or, du papier et mille autres petits bibelots inutiles. Une lettre pliée en deux. Je la ramassai. Elle s'adressait à mon père :

François,

Le conseil de guerre me condamne à la peine de mort pour abandon de poste face à l'ennemi. Je suis innocent, tu le sais. Je me suis battu pour ma patrie et n'ai jamais failli à mon devoir. Mais voilà : le sort en décide autrement. Il faut un bouc émissaire. C'est ainsi. J'aurais voulu avoir l'admiration de toute la France. J'ai eu ton amitié. C'est bien plus. J'aurais voulu qu'on s'en sorte ensemble, alors je pense à ce que tu m'as dit un jour, en citant Lachelier : « On ne peut pas partir de l'infini, on peut y aller. » Je ne suis pas un grand philosophe comme toi, mais j'ai compris que, grâce à l'amitié, ce qui est impossible est aussi réalisable. Merci.

Christophe

Mon cœur se serra. J'eus envie de pleurer. Non pas de tristesse, mais de fierté. Pour la première fois je crois, je me rendis compte que mon père était un grand homme. Il savait donner à l'autre la force d'être lui-même. Et c'est une grande force, la plus grande de toutes. Il m'avait souvent cité cette phrase de Lachelier. Il disait aussi que l'homme libre, le vrai, ressemble à l'oiseau : il s'envole jusqu'au sommet de la montagne, et dans ses rêves, il le dépasse. Alors je dépassai mon émotion.

Par terre, il y avait une autre enveloppe ouverte. L'écriture m'intrigua. C'était celle de mon père. Comment était-ce possible ? Je saisis l'enveloppe, sortis la lettre avec nervosité, la dépliai et lus les plus belles lignes de ma vie :

Bonhomme,

Ce soir il fait froid. Mes camarades dorment tous, mais ton papa veille. Et je me dis que la vie est parfois bizarre : je suis très loin de toi, et pourtant je te vois, là, devant moi, avec tes petits yeux brillants comme des prunes dorées, on dirait, tu sais, les cailloux que le Petit Poucet avait semés sur son chemin pour éviter de s'égarer dans la noire forêt. Et tes yeux brillent devant moi comme des milliers de petits phares qui guideront le péli-

can de moi vers ton nid à toi où il se réchauffera
bientôt. Ce sera la plus belle fête de notre vie. Je
mangerai tes prunelles praline et je te donnerai
en échange un cadeau plus beau que le croissant
de la lune qui nargue ma gourmandise au-dessus
de moi : je t'offrirai une cabane !

Oui, quand je reviendrai, nous irons tous les
deux dans les bois et nous construirons, rien que
pour nous deux, la plus belle cabane que tu aies
jamais vue, avec une plate-forme pour observer
tous les oiseaux de la forêt, les linottes flammées,
les bouvreuils pivoine, les étourneaux étourdis et
les piverts pressés. On ira pêcher au bord de la
petite rivière qui coule près de la forêt puis on
fera griller les poissons sur un feu avant de les
dévorer dans la cabane. J'espère que tu me crois,
bonhomme. Tu sais bien que je ne te mentirais
pas. Tu peux me faire confiance.

En attendant, j'aimerais que tu fasses quelque
chose pour moi. Il existe en effet un trésor et
j'aimerais que tu le trouves avant que je revienne.
Il y a un seul indice que je puisse te donner : il
est tout petit, et il est caché tout au fond. Cherche
bien, ça me ferait vraiment plaisir si tu le décou-
vrais.

À bientôt,
Ton papa qui t'aime tant.

Cette lettre me toucha plus que je ne saurais
dire. Je voyais déjà le pélican de mon père voler
vers moi, et dans mes yeux, encore une fois, il y
eut les embruns de la mer que son vol emportait

avec lui. Je n'arrêtais pas de relire la lettre, trois, quatre, cinq fois, j'aurais voulu prendre mes yeux, les multiplier comme Jésus fit avec le pain dans la Bible, et les lancer à l'aveuglette comme les graines de salade que l'on sème dans les jardins. J'aurais voulu qu'il y eût plus de mes yeux sur la Terre que d'étoiles dans le ciel, qu'ils conquièrent le monde comme les vers luisants qui envahissent les vignes des voisins. Ils auraient peuplé les plaines perdues et les océans oubliés, les temples emmurés de lierre et les églises éloignées, tels des prophètes phosphorescents progressant à grandes enjambées grâce à leurs bottes de sept lieues. Je l'espérais tout à coup très fort.

Et puis il y avait ce trésor que mentionnait mon père. Des trésors, j'en avais découvert, cachés et protégés des dizaines avec mes copains : des boutons de manchettes qui ne valaient rien ou des pioches rouillées comme celles des conquistadors ou des mineurs qui harponnent les carrières d'émeraude. Mais ce trésor-là, je compris qu'il était plus beau et plus rare que l'Atlantide, plus inespéré que les Cités d'or, plus éternel que le Graal et la pierre philosophale. Je ne savais pas ce que c'était, je n'en avais pas la moindre idée. Mais je me promis de mettre toute mon ardeur, mon abnégation et mon intelligence dans la recherche de ce trésor qui ferait tant plaisir à mon père revenu. Il était caché tout au fond. J'irais encore plus profond s'il le fallait.

Tout cela, bien sûr me parut le plus étrange du monde. Que faisait donc cette lettre dans le sac militaire de Christophe ? Mon père avait-il eu la même velléité que moi ? Avait-il confié cette lettre à son meilleur ami pour savoir ce qu'il en pensait, si selon lui elle aiderait vraiment un jeune garçon rongé par l'attente ? Dans certaines situations, il est vrai, chaque mot peut être une fleur ou un fouet. Or mon père voulait me parfumer l'âme de ses mots mimosa qui embaumaient déjà toute la maison. Heureux et excité, je regardai ma mère qui, penchée à quelques mètres de moi au-dessus du berceau, rayonna d'un large sourire :

— Je crois qu'elle va mieux. On dirait que la fièvre a baissé. J'ai eu tellement peur.

Je lui tendis la lettre. Ses yeux fleurirent et se couvrirent de rosée.

— C'est bien, mon chéri. Il ne te reste plus qu'à chercher, maintenant. Ne t'inquiète pas, je t'aiderai.

Cette dernière parole me souleva le cœur. Et dans son berceau blanc sommeillait ma petite sœur, rescapée d'un mal de vivre qui capitulait devant tant d'amour.

Le malheur s'acharnait donc sur notre famille : mon père était blessé au Front et René prisonnier des Allemands. Mais cette lettre fortuite me donna beaucoup d'espérance. Si je parvenais à découvrir le trésor dont il y était question, je pourrais faire à mon père une incroyable surprise le jour de son retour, comme une apothéose. Et cette nouvelle recherche, j'en étais persuadé, contribuerait à fissurer le silence où ma mère s'emmurait, à détruire ces remparts de non-dits qu'elle édifiait tout autour d'elle-même.

Nous reçûmes une lettre de mon père nous annonçant que son rapatriement prendrait plus de temps que prévu. Il ironisait, disant que tout vient à point à qui sait attendre. On devait l'emmener à la gare la plus proche, dans l'un de ces camions spécialisés dans le transport des troupes d'infanterie, complètement recouverts et fermés avec des bâches verdâtres. On étouffait à l'intérieur, et l'odeur des gaz d'échappement vous empestait les narines. Mais mon père en avait vu d'autres. Malheureusement, les camions manquaient à ce moment-là, réquisitionnés pour l'acheminement des troupes au combat. Sa blessure s'était de plus légèrement infectée, mais cela n'était pas très grave au dire du docteur. Certes, les médicaments ne relevaient pas de la médecine la plus moderne : farine de lin avec moutarde, coton iodé, thermogène, huile de ricin, aspirine. Une infirmière lui avait même dit qu'ils soignaient les tuberculeux avec du chocolat au goudron. Mais c'était pareil partout. C'était la guerre. Alors, à défaut de fusil, mon père s'armait de patience, comme mes scarabées.

Son voisin de lit allait mieux, lui aussi. Il s'appelait Jean. Il servait dans l'artillerie et habitait au nord de Narbonne où il cultivait des terres en famille. Son fils lui écrivait régulièrement de longues lettres depuis son départ – plus courageux que moi. Jean était très fier de lui. Il racontait à mon père que le jeudi, avant la guerre, son garçon aidait au bêchage, au sulfatage et aux autres travaux de la vigne. Il se rendait désormais à la boulangerie pour aider le boulanger à pétrir la farine et faire le pain. C'était la belle solidarité de l'effort de guerre. Mon père insistait au contraire pour que j'étudie consciencieusement. Il répétait souvent : « L'esprit noble exige sa liberté comme un droit, il est ce qu'il veut être. » Je le croyais.

Mon père et Jean jouaient à la manille à longueur de journée. Le soir, une vieille boîte de conserve suspendue à un fil de fer, remplie de graisse ou de suif fondu, remplaçait l'électricité.

Leur filtre à café n'en était pas moins rudimentaire. Avec une pointe de baïonnette, ils perçaient une boîte de singe de petits trous, et deux pierres faisaient office de moulin à café : ils enveloppaient les grains dans un chiffon propre et les broyaient par compressions. Ils s'amusaient comme des enfants. Parfois ils jouaient aux dames : il suffisait d'un bout de planche, quadrillé avec un crayon à encre, et des haricots de différentes couleurs pour les pions. À défaut, ils confectionnaient des carrés de pomme de terre, les uns sans peau, les autres avec. Cela me rappelait mes jeux guerriers d'avant août 1914, quand, avec mes camarades, on zébrait d'anneaux verts et d'anneaux blancs les manches de nos lances en enlevant leur écorce. C'étaient de véritables bâtons de cirque que l'on façonnait, des épées de bois redoutables.

Sur les bancs de l'école, nous étions sages comme des images, admiratifs devant les histoires de Gaulois que nous contait l'instituteur. Mais sitôt la classe finie, on se précipitait dans la forêt se livrer une bataille impitoyable. D'abord on formait les équipes, toujours menées par les deux mêmes chefs. Ces derniers se faisaient face à une dizaine de mètres et avançaient méticuleusement un pied devant l'autre, talon contre pointe et pointe contre talon, jusqu'à ce que l'un d'entre eux empiétât sur l'autre et gagnât la possibilité de choisir le premier ses lieutenants – on choisissait souvent le petit Pierre car il était rapide comme l'éclair.

Chaque clan démarquait ensuite son camp qu'il barricadait de vieux cartons récupérés dans nos caves et à l'épicerie du village. On les perçait de multiples trous à peine plus gros que l'œil afin d'épier l'ennemi. Les préparatifs avant l'assaut accaparaient toutes les attentions : on remplissait nos poches, casquettes et mouchoirs de cailloux, on vérifiait la solidité de nos lances en noyer tout en les affûtant et on polissait à la flamme les nœuds des lance-pierres. Puis on se tapissait derrière les cartons. Chacun se positionnait millimétriquement selon les ordres de son chef, et attendait, immobile, à l'affût du moindre mouvement jusqu'au signal.

Tout à coup on déclenchait l'attaque. On mitraillait le camp adverse, et les pierres s'abattaient en rafales sur les boucliers de papier qui frémissaient jusqu'à ce que l'un des chefs s'écriât : « Chargez ! Chargez ! » Alors on sautait au cœur de la casse pour se lapider à découvert. On brandissait les épieux, on hurlait comme des loups-garous. On s'étreignait, se griffait, s'assommait, se mordait, s'étranglait, se tirait les cheveux. Des manches de blouse volaient, des jets rouges jaillissaient des nez. On avait les yeux fontaine, mais c'était de la joie qui coulait, du moins jusqu'à ce que l'un des clans capitulât. Les vaincus se sentaient alors un peu honteux car l'échec du camp n'était jamais dû au chef, mais toujours à ses vassaux, pas assez braves ou intelligents.

Enfin il fallait rentrer, en guenilles et le visage souvent balafré. Cela coûtait à mes copains une ou deux gifles mais ne les empêchait jamais de recommencer le lendemain, bien au contraire. La gifle, celle qui faisait vraiment mal, celle qui fouettait comme du cuir, ils s'en vantaient avec fierté, la fierté de l'homme qui endure la souffrance. Une fierté qui, depuis le départ de nos pères, n'avait plus aucun sens. Mon père, lui, ne m'avait jamais giflé. Il faisait confiance à l'expérience pour m'apprendre.

Je me souviens aussi de la cabane – c'est idiot. Le jeudi, on bâtissait de nos propres mains une forteresse dans les bois, dressant des poutres, tressant des claies, coupant des rameaux. On travaillait comme des forcenés. La cabane, c'était notre gloire. Je me rappelle qu'à l'entrée le grand Alphonse avait suspendu à un bout de ficelle une splendide touffe de gui. Les grains luisaient comme les perles qui jadis ornaient les sculptures incas. Ils faisaient notre honneur de Gaulois et notre grandeur de héros mythologiques. Sans le gui, cela n'aurait pas été pareil. Ce fétiche des druides millénaires, c'était notre trésor, notre petit secret que l'on gardait, comme ça, dans un coin de notre tête. On y rêvait même la nuit. C'était notre Eldorado.

On se sentait bien dans la cabane au toit de chaume. Après la bataille, les chefs y réinventaient des dizaines de fois le récit de leurs péripéties passées : comment un jour ils avaient attrapé un lièvre avec un filet ou tué un sanglier avec une fronde à ficelle. Et nous autres, tous, la bouche humide et les yeux brillants, buvions leurs paroles comme de la limonade. On mimait leurs gestes de gladiateurs, on applaudissait à chaque coup d'éclat.

Le gros Dorian, lui, se vantait beaucoup. Tout le monde le savait mais tout le monde le craignait car son superbe lance-pierre l'auréolait du prestige des seigneurs. Un jour pourtant, je souris en y repensant, il avait fait la risée de toute la bande : il avait offert à la fille qu'il aimait en secret l'un de ces jolis pains d'épice en cœur, saupoudrés de granulés rouges et bleus et ornés d'une devise, *Mon cœur bat pour vous, acceptez-le entre nous*. La friandise lui avait coûté deux sous et des moqueries insupportables pour le rayonnement du chef. Il s'agit sans doute d'un des meilleurs souvenirs qui s'agrippent encore à ma mémoire.

Mon père attendait de nos nouvelles. Ma mère ne lui avait visiblement plus écrit depuis un certain temps. Mais l'avenir ne serait pas triste. Je découvrirais le trésor, et la cabane que je construirais alors avec lui rendrait mes copains jaloux et surpasserait de loin toutes nos chimères : elle prolongerait les pyramides de pierre, elle brillerait comme l'ambre des jardins de Babylone, ce serait la huitième merveille du monde, et moi, son fabuleux pharaon vêtu de fauve et de bleu roi.

Jamais la sortie du tunnel n'avait été aussi proche. Ce n'était plus qu'une question de semaines. Déjà mon père imaginait les perce-neige éclore sous le soleil pâle de février, ce soleil qui, de son lit, ressemblait à une opale sur une étoffe grise.

Ce mois de février 1915 touchait à sa fin, vieux filou emportant à la dérobée le secret du trésor que je cherchais partout. J'y mettais plus d'ardeur et de persévérance que pour trouver les œufs de Pâques multicolores que le lapin de Laponie disséminait dans le jardin. Je sondais le moindre trou de souris, j'explorais même le fond du puits en y descendant une torche allumée : je l'accrochais à une pelote de laine, qui à chaque fois s'enflammait – et c'étaient mes espoirs qui se réduisaient en cendres. J'avais toujours besoin d'autres ficelles, mais il me manquait les invisibles fils de la chance.

Dans la difficulté, l'union fait la force, aussi conclus-je un pacte avec ma mère : j'acceptais de l'assister davantage dans les tâches ménagères si de son côté elle ne ménageait pas ses efforts pour m'épauler dans ma quête. Bien sûr, elle ignorait l'affaire tout autant que moi, et d'ordinaire les énigmes ne suscitaient pas vraiment son intérêt ni sa curiosité car le mystère découvert assassine l'émerveillement. Ma mère préférait l'ignorance à la connaissance, et aimait à s'en aller ainsi dans le jeune jour, insouciante. Mais là, si bizarre que cela me parût, elle m'aida du mieux qu'elle put. Souvent elle fronçait les sourcils, signe qu'elle réfléchissait. C'est que chercher comblait aussi le vide et l'attente, et nous nous rapprochions l'un de l'autre à chaque nouvelle idée, à chaque nouvelle intuition. C'était un jeu et un pari que l'on se devait de gagner, et entre ma mère et moi se tissait désormais un lien singulier, plus fort que lorsque l'on trichait ensemble dans les exercices d'orthographe. Nous avions entrepris la même croisade ou la même croisière, à bord du paquebot de mon père que chacun s'efforçait de diriger afin qu'il arrivât à bon port.

Nos visites chez mes grands-parents s'espa-çaient de plus en plus. Notre confiance grandissait à la vitesse du lierre qui grimpe sur les murs déla-brés et dont il bouche les crevasses de ses feuilles vert espoir. De plus, grand-père avait beaucoup de travail à la forge et grand-mère s'absentait souvent l'après-midi. Elle s'isolait dans la nef de l'église et priait pendant des heures, coutume que ma mère délaissait un peu depuis la bonne nouvelle du retour.

Nous profitions des après-midi pour peaufiner les travaux domestiques, voulant que la maison fût la plus belle possible pour ce jour fabuleux qui s'annonçait comme le Messie. Nous montâmes un jour au grenier où la tempête d'octobre avait ouvert un fenestron qui depuis ne fermait plus hermétiquement. Je réparai l'avarie en y plantant deux ou trois clous définitifs. J'avais évidemment déjà fouillé le grenier de fond en comble, mais je n'y avais rien déniché excepté quelques vieux documents et une toile d'araignée dont la tenancière s'était accrochée à mes cheveux épais.

Ma mère m'incita cependant à chercher une nouvelle fois. Je frétillai. D'une main fébrile, elle ouvrit les trois portes d'une armoire vermoulue drapée d'un voile de poussière qu'irisait un fin rayon de lumière à travers le fenestron. Notre regard parcourut des piles de mouchoirs, des chandails, des maillots, des chemises, un béret blanc, des espadrilles à semelles de corde, des photos anciennes, des liasses de papier jauni. Au milieu de dés à coudre, de fils et de pelotes d'épingles trônait une statue de bronze, une lionne blessée dont les flèches se dévissaient. Elle nous parut trop grande pour être le fameux trésor, et nous n'en voyions pas la valeur, de même que ces bijoux en toc qui jetaient sous la lampe à pétrole un éclat terni par le temps. On tâta, retourna, brassa convulsivement, palpa à pleines mains cet amoncellement de vieilleries, et soudain l'idée m'effleura que mon père n'aurait pas dissimulé le trésor dans un endroit aussi évident, si propice à la cachette. Peut-être lui-même ignorait-il tout de cet emplacement spécial. Sa lettre, il est vrai, demeurait bien vague : « il est tout petit, et il est caché tout au fond. » Cette phrase résonnait dans ma tête comme les échos dans les grottes préhistoriques dont les peintures rupestres recèlent les plus lointaines énigmes.

Nous nous adossâmes à l'armoire et croisâmes

les bras, le regard perdu dans l'obscurité de la pièce. Sur une nappe à carreaux bleus et jaunes, une mouche jouait aux dames avec sa propre mort : ma mère ne tarda pas à la prendre en chasse, car les insectes envahissaient le grenier. Nous avions par le passé déjà repoussé des invasions de termites et de fourmis, ces petits monstres noirs qui enchantaient mes heures perdues. Quelques-unes, moins d'une dizaine, surgirent tout à coup sur le plancher. Je remarquai que la colonie s'échappait du dessous d'une planche en bois qui aurait pu nous servir pour la construction de notre future cabane.

C'est alors qu'une grande tristesse me serra le cœur, comme si mon estomac se vidait. Je m'imaginais mon père poindre un beau matin sur le chemin rural où neigerait la poussière de ce grenier. Je n'avais toujours pas trouvé le trésor, moi qui voulais voler au secours du pélican de mon père.

L'ampleur et le poids des tâches quotidiennes, l'inlassable répétition des jours, une sorte de léthargie même, et l'espoir que l'on se forçait chaque matin à fortifier, toute cette systématisation de notre vie nous fatiguait grandement, et ma mère correspondait moins régulièrement avec son époux. Aussi une foule de questions germaient-elles dans son esprit. Mes parents n'avaient d'ailleurs même pas encore choisi le prénom de ma sœur, que l'on désignait par *la petite*.

Dans sa dernière lettre, mon père décrivait son quotidien. Il guettait comme un vampire la fin de la nuit qui s'annonçait derrière le rideau du lit, mité par les éclats laiteux de l'aurore. Il avait mal aux bras, la tête comme un étau, et une sorte d'armure imaginaire qui lui enserrait le corps. Son voisin fredonnait sans cesse une chanson, *Auprès de ma blonde*. C'était l'été jaune frelon qui bourdonnait dans la chambre :

Et la blanche colombe
Qui chante jour et nuit
Qui chante pour les belles
Qui n'ont pas de mari,
Oui !

C'était le couplet grâce auquel il avait séduit sa femme, celui qu'il lui avait murmuré comme un matador sous le soleil de juin. Une jeune fille dans son corsage serré, les seins ronds comme des melons, les cheveux défaits sur ses épaules nues. L'étourdissement, le plaisir. Le mariage. Un fils. Et la guerre, si injuste !

La chambre sortait lentement de la pénombre. Tout en écoutant Jean, mon père observait ses joues très pâles, creusées, et ses mains serties de longues veines bleuâtres. Il les comparait aux siennes, miraculeusement toujours aussi blanches. Il avait des mains d'écrivain.

Sa blessure se résorbait tout doucement. Il reprenait des forces et tuait le temps comme il pouvait. Ce dernier ne dérogerait pas à sa vieille habitude – du moins je l'espérais. Il passerait bien et mon père comptait les jours (un trait pour chaque jour écoulé). Il s'était souvenu qu'il conservait un morceau de ceinture d'obus en cuivre rouge qu'il avait récupéré sur le champ de bataille. Ses camarades en avaient voulu chacun un bout, histoire de rapporter un souvenir. Le sien mesurait une vingtaine de centimètres. Il s'amusait à le tailler et à le graver, il n'avait que cela à faire de toute manière. Il façonnait dans le métal un joli coupe-papier.

Jamais une lettre n'avait eu autant de valeur à ses yeux.

Je persuadai donc ma mère de reprendre la plume, ce qu'elle fit. Notre connivence soudait nos points de vue, et nous nous entraidions bien, elle dans la recherche du trésor, moi dans les tâches quotidiennes, encore plus importantes depuis la venue de ma petite sœur. J'allais par exemple chercher le pain tôt le matin. Je faisais mes bonnes actions journalières et la nuit, comme récompense, le marchand de sable, auquel je ne croyais plus, me jetait dans les yeux de la poudre d'argent, grâce à laquelle on fait de très beaux rêves. Je fis une fois un rêve merveilleux.

J'étais dans un endroit somptueux, dont je ne vois pas l'équivalent sur Terre. Tout autour de moi moutonnait un brouillard très blanc avec des reflets vif-argent. À mes pieds coulait une petite rivière dont la surface étincelait d'or. Quelque chose s'approcha au loin. Quelque chose qui glissait sur la rivière. Quand cela fut assez proche, je pus distinguer un homme debout dans une nacelle. Il s'arrêta, descendit de sa barque et l'arrima à un piquet de bois planté sur le rivage. Ce n'est que lorsqu'il me fit signe de la main que je reconnus mon père. Je n'en crus pas mes yeux. Je courus vers lui et me jetai dans ses bras. Il posa une main sur mon front.

— Bienvenu au Paradis des Pélicans, me dit-il.

Sa paume avait la douceur d'une plume.

— Tu es revenu pour de bon ? lui demandai-je.

— Oui. Pour de bon.

— Tu ne repartiras plus jamais ?

— Non. Plus jamais.

J'eus envie de pleurer mais je me retins. Je n'arrivais pas à croire qu'il était revenu. Alors je me mis à lui toucher le creux de ses mains comme saint Thomas avait fait avec le Christ. Et c'était vrai. Mon père était vraiment revenu.

Au-dessus de nous, des pélicans dansaient en rond. Mon père ajouta :

— Tu vois, l'amour, c'est comme un pélican qui vole. Et la guerre, c'est une cage. Tu me comprends ?

Je fis oui de la tête. Bien sûr que je comprenais. On avait été en cage pendant de trop longs mois. Et nous étions maintenant libres de nous aimer.

Le matin du rêve, je me réveillai avec un enthousiasme encore plus fort pour trouver le trésor. Après l'école, je me mis à chercher partout, comme un fou, mais en vain. Le soir, j'étais exténué et je décidai, pour me changer les idées, d'accompagner ma mère qui voulait se promener sur la plage pendant que ma petite sœur dormait.

L'endroit était désert, très calme, et on aurait dit que l'océan se balançait entre les rivages de nos cœurs pour les rapprocher. Tout en marchant, ma mère me regardait avec une tendresse immense, et je devinais bien qu'elle pensait à son mari et à son frère René. Ces séparations criaient très fort au fond d'elle-même et elles m'arrivaient comme les échos d'un grand chagrin. Alors je lui racontai mon rêve de la veille, pour mettre un peu de douceur dans sa douleur. Et je me rendis compte à quel point j'aimais mon père quand je parlais de lui. Je songeai qu'il en était peut-être toujours ainsi : l'amour est fort quand on en parle à défaut de pouvoir le vivre.

Ma mère se baissa et ramassa un joli coquillage. Sa nacre rose brillait sous le clair de lune. Alors elle dit :

— Oui, la vie, c'est comme le jeu de l'oie, on ne sait jamais sur quelle case on va tomber, bonne ou mauvaise. Sauf qu'on peut recommencer le jeu autant de fois qu'on veut si on n'a pas de chance la première fois...

Moi je me taisais. Je regardais le petit coquillage qui rayonnait en silence. On aurait dit un trésor fragile. On aurait dit qu'il n'y avait rien de plus fragile sur la Terre. Ma mère me prit délicatement le poignet, posa le coquillage sur la paume de ma main, et referma mes doigts en les enveloppant de sa main à elle. Ce fut doux comme une fête, et la plage, sous le clair de lune, devint couleur de miel. Alors elle ajouta :

— Ton père m'a dit un jour qu'il y a plus d'étoiles dans l'univers que de grains de sable sur les plages du monde. Dieu pose-t-il son regard au bon endroit ?

Oui, Dieu posait-il son regard au bon endroit ? Je réfléchis longtemps à cette question. Et je sais aujourd'hui que l'enfance se termine quand on commence à se la formuler.

Mon père réécrivit un dimanche. Les cloches des églises sonnaient gravement les heures, mais celles-ci ne s'écoulaient plus. Mon père était pris dans le paradoxe du temps : entre des heures qui ne finissaient pas et des mois qui passaient comme des éclairs.

Un mois. Un mois déjà qu'il avait quitté le Front et qu'il moisissait dans cet hôpital. Il avait envie de rentrer maintenant, tout de suite. Il s'impatientait. Tous les jours, toute la journée, c'était la même chose, les mêmes gestes, les mêmes inquiétudes. L'infirmière doublait ses doses de morphine mais il se maintenait éveillé. Il gisait mais il ne dormait pas. Il fermait les yeux et volait, telle une libellule. Il voyageait dans l'espace. Il pouvait voguer vers l'Amérique, voler avec les pélicans ou marcher sur les étoiles. Il préférait se glisser près de moi et caresser du bout des doigts mon visage encore endormi.

Puis le songe s'achevait. Mon père rouvrait les yeux. Il fallait qu'il regardât autour de lui : les nouveaux blessés qui arrivaient, le sang qui coulait, la mort qui moissonnait. Cinq ou six décès par jour. Il fallait qu'il regardât. Ça l'intriguait. Ça l'attirait même, comme un vampire. Il croyait être un vampire. Il disait qu'on était tous des vampires. Des anthropophages. Qu'on se dévorait entre nous. Il citait Baudelaire :

Ô douleur ! ô douleur ! Le temps mange la vie
Et l'obscur Ennemi qui nous ronge le cœur
Du sang que nous perdons croît et se fortifie !

Mon père connaissait ces vers par cœur. Il les avait trouvés beaux, élégants – des joyaux de poésie. Il comprenait désormais ce qu'ils signifient. Le temps, l'obscur ennemi, c'est l'homme. Le temps que l'on perd à se haïr, à se faire du mal, à se torturer. Nous sommes des cannibales. Le Christ qui prit le pain et le rompit en disant : *Prenez, mangez, ceci est mon corps*, et ayant pris une coupe de vin et rendu grâce : *Buvez-en tous, car ceci est mon sang*. Et avant le Jugement dernier, l'armée des anges vêtus de lin blanc et portés par des chevaux blancs, qui massacrent. Et les oiseaux de Dieu qui volent au zénith et se rassasient des chairs de rois, de capitaines, de puissants, de chevaux et de ceux qui les montent, des chairs de tous les hommes, libres et esclaves, petits et grands ! Et l'on adore un supplicié, un crucifié, un homme agonisant. Mon père écrivait que toute la Bible glorifiait le cannibalisme et le génocide ! Il mentionnait le déluge, quand Dieu, se repentant de la création des hommes, voulut les exterminer et ouvrit les écluses du ciel pour que la pluie tombât pendant quarante jours et quarante nuits, inondant tout et n'épargnant que l'arche de Noé. Mon père disait désormais que nous étions des hommes appâts pour notre propre race. Il parlait du plaisir que peut prendre l'autre à vous piétiner, à vous arracher les entrailles, à vous enfoncer son poing purulent dans vos viscères. Quand le bourreau broie la victime de ses propres bras, la jouissance lui parcourt le corps et monte dans ses veines. Il jouit de la mort qu'il donne car lui ne vit plus vraiment depuis longtemps.

Quelques jours plus tôt, *Le Matin* avait loué les exploits d'unités françaises et anglaises dans une tranchée allemande, avec beaucoup de détails pour les amateurs de guillotine. Cela le dégoûtait. Toute la journée, toute la nuit, infirmières et médecins travaillaient sans cesse, sans relâche. Que ce devait être long de panser les plaies comme il convenait ! Long d'opérer à mains nues. Long de se débarrasser du sang qui poissait les mains. Long de s'asperger de teinture d'iode et de tremper ensuite ses mains dans les cuvettes d'alcool. Long de manier les membres brisés et de poser les attelles sans provoquer de trop grandes souffrances. Que ce devait être long de se persuader que cela servait encore à quelque chose ! Les infirmières redressaient un peu leur croix sans atténuer vraiment leur douleur. En Alsace, l'état-major allemand leur interdisait de soigner les blessés français. Évidemment, le personnel transgressait cette loi par manque d'effectifs. De quoi donc avaient peur les Allemands ? Que des idylles non patriotiques nais-

sent dans le cœur des hommes et des femmes .
Tout cela n'avait aucun sens, alors mon père se
réfugiait dans son imagination pour oublier le
monde, oublier la guerre, oublier la mort. Cette
mort avec laquelle il dansait depuis déjà sept mois.

Le vrai contact humain, la confidence faisaient
défaut à l'hôpital. Les infirmières, pas assez nombreuses, ne connaissaient les Poilus que par leurs
blessures. Elles ne retenaient même pas leur prénom, mais les nommaient entre elles par leur han-
dicap. Elles désignaient ainsi le nouveau voisin de
lit de mon père par *la momie*. Bien sûr, lui n'en
savait rien, et la plupart des blessés avaient perdu
un peu de leur faculté auditive à cause du fracas
des explosions. Entre elles, les infirmières chucho-
taient mais mon père avait une oreille très fine,
que même sa discrète copine Mélanie la souris ne
trompait pas.

D'habitude, les blessés discutaient assez peu. Ils
ne voyaient pas d'intérêt particulier à échanger les
mêmes impressions et les mêmes souvenirs. Ils se
taisaient donc, encore abasourdis par l'irréalité de
ce qu'ils enduraient et la laideur de cette vieille
femme vêtue de noir, que l'on appelle détresse ou
désespoir. Mon père était donc assez chanceux
d'avoir côtoyé le poète Claude, le volubile Jean et
maintenant le nouvel alité, un certain Marc, dont
les bandes blanches lui masquaient la moitié du
corps et du visage.

Le jeune homme, âgé d'à peine dix-neuf ans,
disparut de l'hôpital au bout d'une semaine. Il
avait fui pour tenter d'arracher les cordes de la

orture morale qui le ligaturaient. Les gendarmes le retrouvèrent quelques jours plus tard, pendu dans une grange abandonnée. Mon père nous retraça les derniers moments qu'il avait passés aux côtés de son ami avec une vive émotion, presque paternelle.

Marc avait été frappé aux alentours de Compiègne. Un éclat d'obus lui avait ravagé le visage : un œil perdu, le nez arraché, et les dents de la mâchoire inférieure qui saillaient – il n'avait plus de lèvre. Il ne pouvait plus articuler distinctement mais bredouillait des sons gutturaux, une sorte de bouillie verbale dont personne ne daignait s'alimenter, sauf mon père. Il fallait en effet véritablement persévérer pour le comprendre, et personne d'autre que lui ne prenait cette peine. Aussi Marc lui exprimait-il sa gratitude en griffonnant sur son bloc-notes des *merci* à foison.

Il passait de longues heures à relire les lettres de sa femme, écrites sur du papier lilas léger qu'il conservait dans une pochette de carton. Il lisait en serrant dans sa main droite son pendentif, une petite boîte dorée où ressuscitait le souvenir photographique de leur mariage. Il présenta l'image à mon père qui le complimenta sur la beauté fraîche de sa femme, sa crinière noire et les amandes de ses yeux. Il constata que Marc aussi était joli garçon. Celui-ci s'effondra en sanglots, persuadé que jamais plus son épouse n'oserait poser son regard sur le monstre hideux qu'il était devenu. Mon père essaya de le réconforter, lui assurant que tout se

recoudrait sous les bandeaux. Mais son visage éta.
complètement déchiqueté.

Un jour, le pauvre homme réclama un miroir.
L'hôpital n'en possédait pas, c'était un luxe assez
rare. Mon père lui jura qu'il n'avait jamais pu voir
sa face à cause du dos de la grosse infirmière qui
lui faisait ses pansements. Il avait en réalité plusieurs fois fermé les yeux, supportant mal la vision
du rouge vif sur cette tête de poisson crevé. Il
évoqua, sans y croire lui-même, la noblesse de la
balafre, la fierté future de son épouse et l'authen-
ticité de son amour qui surpasserait les apparences.
Pourtant la gloire s'estomperait bien vite au fur et
à mesure que l'on s'éloignerait de la guerre. Il n'y
a d'ailleurs pas plus de mérite à porter un visage
mutilé qu'à être amputé d'une jambe : on suscite
simplement plus de pitié, et très probablement une
profonde révulsion.

Un matin, Marc se décida à inviter sa femme à
venir le voir :

— J'ignore si j'ai pris la bonne décision mais
je préfère qu'elle sache. Le trajet dure une journée.
Elle arrivera vendredi. Tu sais qu'elle est passion-
née par l'Égypte ? C'est rigolo, non ? Elle va pouvoir embrasser une momie...

Un morceau de soleil s'accrochait encore au-
dessus de son lit quand elle entra, pas très rassurée.
Tous les regards se rivèrent sur cette plantureuse
beauté, quelques sifflements fusèrent même, mais
Marc, assoupi, ne l'aperçut pas tout de suite. Elle
scruta l'immense salle en s'attardant sur chaque
lit. Elle paraissait décontenancée, presque effarou-

171

née. Elle hésitait. Rougit un peu. Enfin se risqua à demander :

— Marc Fuger, c'est bien ici ?

Marc sursauta dans son lit. Son œil s'écarquilla. Il leva la main, comme un timide écolier. Sa femme se hâta vers lui :

— C'est toi ?

Mon père fit oui de la tête. La jeune femme pâlit. Elle sembla vouloir l'embrasser, tourna autour de sa face comme une abeille autour d'une fleur malodorante, feignant de chercher un coin de peau. Marc lui empoigna les épaules et la tira sur lui. Elle déposa un baiser forcé sur le pansement qui bouchait le trou dans sa joue, et mon père s'imagina l'immense bonheur qui comblait alors son ami, les souvenirs heureux que devait exhumer le baiser : les promenades en amoureux au bord de l'eau, le chant des oiseaux qui berce leurs flâneries, le soleil qui se couche sur les paupières des amants qu'il maquille de poudre d'or. Mais la jeune femme esquiva l'étreinte d'un mouvement de retrait, prétextant habilement :

— Laisse-moi te regarder, mon amour ! Ça fait si longtemps que je ne t'ai vu ! Tu es sacrément arrangé, dis donc ! Comment te sens-tu ?

Il éructa, la gorge serrée :

— Je t'aime...

— Comment ?

— Je t'aime !

Elle se tourna vers moi :

— J'ai rien compris. Qu'est-ce qu'il a dit ?

Mon père s'interdit de répéter ce que seul Marc devait exprimer, s'excusant de ne pas avoir

entendu. Il ajouta que le docteur avait préconi~
le silence de sorte que les plaies de la bouche cica~
trisent parfaitement. Il inventa une série de recom-
mandations afin d'abréger le supplice de l'entre-
vue.

— Ton ami a raison, mon amour, il est plus
sage que je te laisse te reposer. Je reviendrai
demain. À bientôt...

Elle souffla sur ses doigts pour lui envoyer un
baiser libellule qui se posa sur la paupière fermée
de Marc, d'où perla une larme. Il demeura immobile et silencieux pendant un long moment. Puis
il murmura en lui-même :

— Elle a peur de moi.

Il fit beaucoup de fièvre cette nuit-là. Les infirmières lui administrèrent d'importantes doses
d'aspirine, et mon père le médicament de la parole
et de l'écoute.

— Tu crois qu'elle reviendra ?

— Mais bien sûr qu'elle reviendra, le récon-
forta mon père. Elle était simplement bouleversée
de te revoir.

— C'est faux. J'ai bien vu que je l'effrayais.
Je n'ai plus qu'un œil, mais je l'ai vu doublement,
son mouvement de recul. J'aurais préféré mourir
sur le champ de bataille plutôt que mourir dans
ses yeux. Je regrette de vivre.

Mon père objecta, parla de ce qu'il lui restait,
argumenta qu'il fallait vivre pour vivre, se laisser
consoler par la beauté du monde, aimer le jour
blond qui s'avance vers sa joie comme un enfant.
Marc n'écoutait plus. Le lendemain, sa femme

ssa vers quatre heures de l'après-midi. Il relâcha
evant elle le pansement de son visage. La monstrueuse horreur la faucha. Elle s'évanouit. C'était
la première et la dernière fois qu'elle le vit.

Le major refusa de renvoyer Marc au Front malgré ses demandes insistantes. Alors il décida de
partir tout seul. Même la vie ne pouvait plus le
regarder en face.

Marc avait laissé à l'hôpital son manuel d'histoire de France. Pour se changer les idées, mon
père le feuilletait la nuit. Au premier chapitre, il
était dit que la France ne s'étendait plus jusqu'au
Rhin. Mon père en avait plus qu'assez de ces insi-
nuations revanchardes. Alors il contemplait les
personnages : François Ier en habit chamarré et de
nombreuses autres princesses habillées de longues
robes chatoyantes et coiffées d'un croissant de
saphir. Il pénétrait dans cet univers de légendes ou
de contes, à peine plus vrais que ceux de Perrault
ou de Grimm. Des contes magiques comme il
m'en lisait avant la guerre, le soir, à la lueur d'une
bougie posée sur ma table de chevet. J'étais dans
mon lit, bien au chaud, et lui s'asseyait à côté de
moi. C'était un voyage merveilleux, le plus beau
rêve que je pouvais faire. Et puis, l'histoire terminée, mon père me bordait, me caressait les cheveux et me donnait un dernier baiser sur le front
en me souhaitant bonne nuit.

On allait bientôt se retrouver. Comme avant.
Non. *Mieux* qu'avant ! Ma mère lui reprochait par-
fois de parler au futur, d'oublier un peu de vivre.
La philosophie, les livres, ceux qu'il lisait et ceux

qu'il essayait d'écrire, tout cela était fini. Mo...
père disait avoir enfin compris ce que vivre signifie. Et tous les matins, derrière notre jardin, le
soleil déposait un fragile rayon sur un perce-neige
naissant.

La nuit se dissipait lentement dans le matin bleu indigo. Des pélicans tournoyaient au-dessus de l'estuaire, réchauffés par le soleil qui accouchait de la lumière comme d'un nouveau monde.

J'étais là, à l'extrême pointe des terres, où la naissance de l'astre se brise sur l'océan du ciel, laissant des zébrures roses comme l'avenir, saupoudrant de diamants la mer la plus noire, éblouissant les libellules de son cœur d'or. Sur l'eau sombre scintillait encore le grand phare qui lançait au hasard ses signaux de détresse, mais ils s'en allaient au loin, portés par le vent, la solitude, et mon espoir de revoir mon père.

Debout sur la grève, je sortis ses lettres de la poche de mon manteau en laine. Il y avait notamment celle où il mentionnait le trésor. J'étais triste de ne pas l'avoir encore trouvé, mais si heureux qu'il revienne ! Je fermai les yeux et serrai les lettres dans mon poing aussi fort que possible. Le vent soufflait. Elles auraient pu s'envoler vers

l'horizon, légères comme des promesses. Ma
mon père ne mentait jamais. Alors j'ouvris les
yeux et scrutai l'infini.

Nous ne revîmes jamais l'oncle René. Mon père rentra trois jours avant Pâques. Il lui manquait une jambe.

À la messe pascale, nous chantâmes le cantique *Jésus, notre Maître*. Je chantai du plus fort que je pus, en remplaçant le mot *Jésus* par *mon père* :

> *Mon père, notre Maître*
> *Est ressuscité,*
> *Il vient d'apparaître*
> *Brillant de clarté*
> *Cieux, terre féconde,*
> *Joignez-vous à moi.*
> *Et vous, mer profonde,*
> *Chantez le grand roi !*
>
> *La terre est ouverte,*
> *Le Maître est sorti,*
> *La tombe est déserte,*
> *Le voilà, c'est Lui !*
> *Ouvrez-vous, mon âme !*

Éclatez, mon cœur !
Que chacun proclame
Mon père vainqueur !

De retour à la maison, nous festoyâmes comme des rois ressuscités. La belle dinde dorée ne trôna pas longtemps sur son plat de porcelaine. Mon père prit une aile en disant *ailibus*, puis une cuisse en disant *cuissibus*, et enfin, quand tout le monde fut rassasié, s'empara de la carcasse en s'exclamant : *terminus !* Nous éclatâmes tous de rire. C'étaient les cloches de la bonne humeur qui sonnaient à l'unisson notre joie d'être réunis, un alléluia qui s'élevait jusqu'au ciel où les pélicans de Dieu brodaient les blancs sillons du bonheur.

Oui, ce fut un bonheur indicible de nous retrouver tous ensemble. Enfin ! Comme pour célébrer cet événement, mes parents baptisèrent ma petite sœur *Clara*, le prénom de la lumière. Clara nous éclairait tous désormais de ses petits éclats de rire que l'on avait si rarement entendus avant le retour de mon père.

Nous réapprîmes les choses au quotidien, nous avions perdu l'habitude de vivre contents. La maison était de nouveau chaleureuse. Sauf le vestibule, qui restait tout le temps froid. Je ne sais pourquoi, j'y repense encore souvent. J'y attrapai de nombreux rhumes ce printemps-là. Après le dîner, je m'asseyais sur le grand coffre en bois de l'entrée où je tenais Clara sur mes genoux en attendant l'heure d'aller me coucher. Je montais alors à bord du bateau de mon lit et je plongeais dans la mer moelleuse des couvertures fraîchement avées. C'était une écume de douceur. En bas, sur le pont de l'étage inférieur, mes parents parlaient et riaient, tous les soirs. C'était cette joie de vivre qui égayait jusqu'à la chambre, une fête immense dont j'étais le roi.

Je crois que ce qui m'apprit l'immensité, ce ne sont pas les pélicans, ni l'horizon lointain, ni même les étoiles, mais le second lit de la chambre de mes parents. C'était devenu une chance merveilleuse d'avoir de la fièvre, comme la tempête qui fait chavirer le navire vers l'île aux mille trésors. J'avais envie d'avoir la nausée tous les jours, ce mal de mer qui m'ouvrait un océan d'affection et de draps blancs dont je ne voyais pas les limites.

Avant même que mon père reçût sa prothèse, le lendemain de son retour, nous repartîmes à la pêche, mais pas à l'estuaire car nous avions décidé de le réserver pour le recueillement.

Mon père m'emmena près d'une petite rivière. On s'amusa avec les insectes sur la rive et on y pêcha toute la journée. Dès que la plume oscillait sur l'eau, on ferrait et on ratait souvent. Mais qu'est-ce que cela me plaisait ! Un miraculeux martin-pêcheur, bien plus adroit que nous, ricanait en nous voyant. L'émail bleu-vif de son aile m'enchantait les yeux.

Et puis, vers la fin de l'après-midi, mon père attrapa une superbe truite arc-en-ciel. Un pélican gourmand, qui planait au-dessus de nous, l'aperçut. Mon père la posa sur sa paume et tendit le bras. L'oiseau, comme dans un rêve que je n'aurais jamais osé faire, descendit d'un coup d'ailes et

happa le poisson dans sa main. Je n'en crus pa[s]
mes yeux. Ce fut pourtant le premier exploit d'une
longue série.

Je le lisais sur leur visage comme dans un livre
ouvert, certaines personnes, en voyant mon père
avec une jambe en moins, le considéraient comme
un bon à rien. Elles oubliaient que les pélicans
venaient manger dans sa main.

Le soir de cette journée de pêche, nous fîmes
frire notre menu fretin. On s'installa dehors, dans
le jardin, sous le ciel rose orangé du crépuscule.
Le petit feu de bois qui cuisait les poissons pal-
pitait, et moi je me taisais. J'étais tellement heureux de revoir mon père, mais j'avais peur qu'il
me posât des questions au sujet du trésor. J'avais
tellement peur qu'il fût déçu que je ne l'eusse pas
trouvé. Il me regardait en silence depuis un long
moment, et finit par me chuchoter :

— On dirait qu'il y a quelque chose qui t'em-
bête...

Je fis non de la tête. Il insista :

— Tu es sûr ?

Son intonation ne me trompa guère. Il était au
courant. Ma mère avait dû lui en parler. Je baissai
les yeux. Alors il devança ma crainte :

— À quoi pensais-tu quand tu cherchais le trésor ?

Je ne sus pas quoi répondre pour lui faire plaisir, alors je dis la vérité :

— À toi. J'ai cherché partout, je te jure. Même
au fond du puits. Et j'ai rien trouvé. Tu m'as
menti. Y a pas de trésor !

— *Il y a* un trésor, et tu l'as trouvé ! Tu l'as cherché tout au fond de toi. Tu as trouvé de la force, de l'énergie, de la persévérance pour continuer à chercher. C'est ça, le trésor. La force, la petite flamme que l'on a en nous grâce à ce que l'autre t'a donné ou représente pour toi. C'est cette force-là que j'avais quand j'étais là-bas. *Sans toi, je ne serais pas revenu !*

Je me jetai dans ses bras et il me serra très fort. Et il me promit que nous irions construire la cabane dans les bois. Il me dit que je l'avais méritée. Cette cabane, ce serait le château fort de mon père, le doux et douloureux contrefort de son corps qui jamais plus ne s'écroulerait.

Nous adorions aller à la pêche ensemble, et nous le fîmes tout l'été. Assis au bord de l'eau, nous parlions de tout : de mes copains avec lesquels ce n'était pas toujours facile et surtout de la cabane, dont nous imaginions les plans et les usages.

Un après-midi, en fouillant dans les herbes, j'aperçus deux petits êtres qui se battaient en duel. Un insecte bigarré, long et frêle, et un énorme scarabée à la cuirasse mordorée. J'observai la lutte, intrigué. Le scarabée sembla soudain prendre l'avantage quand je lui soufflai dessus et le renversai sur le dos. De mon front, une goutte de sueur perla sur l'insecte qui, impuissant, agita ses petites ailes vertes. Je réfléchis un instant, me levai et dis à mon père qui fixait sur l'eau son bouchon :

— Quand tu te battais ou quand tu te sentais seul ou triste, chaque fois que tu travaillais, marchais, souffrais, que tu allais au bout de tes forces, que tu voyais ce soleil rouge sang chavirer sur la colline, tous les jours, toutes les nuits, tout le temps, j'aurais voulu être avec toi, papa.

Mon père ne bougea pas. Il me regarda droit dans les yeux et, esquissant un sourire, me dit :

— Tu y étais.

Puis il ajouta :

— La guerre prend les hommes, et ne les ramène pas toujours. On doit s'y faire. Mais ils continuent d'exister dans les nuages qui passent au-dessus de nous, dans l'eau généreuse qui sourd de la terre, dans les étoiles qui illuminent le firmament. Rien ne meurt vraiment, tu sais.

Je demeurai silencieux. Je savais que mon père ne m'aurait pas menti. Alors je lui demandai :

— Papa, tu crois à ce que tu dis ?

Il ne répondit rien. Mais il avait sur son visage une expression que je n'oublierai pas. Un soleil tout neuf tremblait sur les rides paisibles de la rivière. Mon père ne me l'a jamais vraiment dit, mais il avait fini par faire la paix avec Dieu.

"Triangle amoureux"

En l'absence des hommes
Philippe Besson

Au cœur de l'été 1916, alors que la Grande Guerre fait rage et apporte son lot de corps meurtris, Vincent de l'Étoile fréquente les salons parisiens. Ce jeune éphèbe à la silhouette gracile se laisse dorloter par les femmes, bouleverse et séduit. Un homme succombe à son charme : il se nomme Marcel Proust. Les rendez-vous feutrés et les entrevues délicates se multiplient tandis que l'appel de la chair de Vincent est assouvi dans les bras d'Arthur, jeune soldat en permission. Mais le flot de la guerre va prendre un malin plaisir à défaire ce trio si parfait...

(Pocket n°11522)

Il y a toujours un Pocket à découvrir

"Excommunié"

Interdit
Karine Tuil

À soixante-dix ans, Saül Weismann est fier d'être juif et d'avoir survécu à Auschwitz. Un jour, il rencontre Simone Dubisson, une jeune femme qu'il souhaite épouser. Afin de respecter la tradition religieuse et familiale, il fait appel à un rabbin. Or celui-ci lui demande de présenter l'acte de mariage de ses parents qui s'est perdu durant la guerre. Saül n'a plus aucun moyen de prouver qu'il est juif. Il se voit alors rejeté par sa communauté et se trouve en proie à une véritable crise identitaire…

(Pocket n°11613)

Il y a toujours un Pocket à découvrir

"Pour le pire et le meilleur"

Un petit homme de dos
Richard Morgiève

En 1942, Stéphane Eugerwicz, jeune Polonais, se lance dans les affaires en Ardèche. Au marché noir, lui et ses amis font du trafic avec les paysans, les Allemands et les Américains. Ils construisent ainsi une fortune considérable et Stéphane rencontre Andrée, une jolie veuve de 24 ans, qu'il s'empresse d'épouser. Ils vivent avec insouciance, malgré la guerre, et dans l'opulence, malgré la crise financière que traverse le pays. Mais quelques années après, un événement tragique vient bouleverser leur bonheur... Aujourd'hui, leur fils Mietta ramène à la vie leur magnifique histoire d'amour.

(Pocket n°10607)

Il y a toujours un Pocket à découvrir

Achevé d'imprimer sur les presses de

BUSSIÈRE

GROUPE CPI

à Saint-Amand-Montrond (Cher)
en octobre 2003

POCKET - 12, avenue d'Italie - 75627 Paris Cedex 13
Tél. : 01-44-16-05-00

— N° d'imp. : 36752. —
Dépôt légal : novembre 2003.

Imprimé en France